LA BARCELONA DE CARLOS RUIZ ZAFÓN

UNA GUÍA

imago mundi

LA BARCELONA DE CARLOS RUIZ ZAFÓN

UNA GUÍA

SERGI DORIA

Ediciones Destino Colección Imago Mundi **Volumen 403**

Ediciones Destino, un sello editorial de Editorial Planeta, S. A.
Avda. Diagonal, 662-664, 08034 Barcelona (España)
www.planetadelibros.com
www.edestino.es

Primera edición: abril de 2026
ISBN: 978-84-233-6979-9
Depósito legal: B. 24.839-2026
Composición: Realización Planeta
Impresión y encuadernación: Unigraf, S. L.
Printed in Spain - Impreso en España

ÍNDICE

BARCELONA LITERARIA, INSTRUCCIONES DE USO

SERGI DORIA

Dijo un celebrado gastrónomo que somos lo que comemos. En literatura sucede lo mismo: cuando una novela nos impacta, somos lo que leemos. El autor escribe su historia, el editor la publica y el lector, según sus afinidades electivas, la inscribe en su crónica sentimental. Cuando leemos una buena novela ya no somos los mismos: nuestro mundo se representa en las voces de otros personajes.

Antes de explicar qué es este libro, advirtamos lo que no es. Encontramos citas novelescas, pero no es un tratado de literatura; aparecen planos de Barcelona, pero no es una guía turística. Tampoco es un ensayo histórico, aunque hechos y cronologías jalonen su recorrido. *La Barcelona de Carlos Ruiz Zafón. Una guía* pretende ser, exactamente, lo que proclama su título: un paseo guiado por la mirada de un escritor a través de seis libros: *Marina*; la tetralogía compuesta por *La Sombra del Viento*, *El Juego del Ángel*, *El Prisionero del Cielo* y *El Laberinto de los Espíritus* y los relatos de *La Ciudad de Vapor*, publicados tras el fallecimiento del escritor. Una Barcelona contemplada en diferentes momentos vitales del autor y de sus personajes; miradas sobre una ciudad recorrida por una misma luz creativa. Aunque *Marina* transcurra en los ochenta, *La Sombra del Viento* recorra los tiempos de ceniza de la posguerra, *El Juego del Ángel* atraviese la ciudad del pistolerismo y *El Prisionero del Cielo* y *El Laberinto de los Espíritus* entremezclen planos temporales, sus protagonistas despliegan la sensibilidad de su creador y una forma de contar. Paseamos con sus criaturas literarias por la cartografía urbana. Su mundo no es de este mundo, aunque a veces nos lo pueda parecer: historias fieramente humanas y abominables siluetas agazapadas en una esquina brumosa. Edificios de la memoria barcelonesa como el hotel Colón, el escenario del Liceo o el tranvía azul del Tibidabo adquieren textura literaria en las historias de Ruiz Zafón. El escritor omnímodo aprovecha la licencia literaria para plasmar imágenes indelebles.

La andadura por el Cementerio de los Libros Olvidados es cíclica como las escaleras de la Sagrada Familia. El escritor barcelonés dispuso sus historias como los tejados gaudinianos que recuerdan a las escamas de un dragón. Sus protagonistas vagan por los territorios de una ciudad repleta de brumas, vapores y agujas góticas que acuchillan crepúsculos. Cuando Ruiz Zafón falleció en Los Ángeles, el 19 de junio de 2020, faltaba poco para los primeros días del verano; como aquel año de 1945 que quedó en la memoria de todos sus lectores: aquella madrugada en la que Daniel Sempere conoció de la mano de su padre el Cementerio de los Libros Olvidados en una Barcelona de posguerra «atrapada bajo cielos de ceniza y un sol de vapor».

Hemos volcado sus novelas sobre el mapa y caminado con sus personajes por ocho rutas: la Rambla, que nos lleva de Canaletas al Cementerio de los Libros Olvidados; el Raval y sus angostas escaleras sin cielo; el Barrio Gótico, pétrea madeja de espíritus; el mercado del Borne y la Ciudadela; la plaza de Cataluña, los aledaños de la Universidad y la cuadrícula del Ensanche, con sus despachos de intrigas; las mansiones de Sarriá, Pedralbes y el Tibidabo, preñadas de tragedias familiares; los cementerios que almacenan memorias y los palacios que forjan dragones de Gaudí. Los recorridos se abren con un plano y una breve ficha de cada zona urbana.

Somos lo que leemos. Podemos ser el adolescente Óscar Drai, enamorado de Marina; Daniel Sempere, de la mano de su padre, descubriendo el Cementerio de los Libros Olvidados; Julián Carax firmando libros malditos y David Martín cerrando con el diabólico Corelli un contrato de edición; Gustavo Barceló rebusca en los estantes de su librería y Nuria Monfort medita en la melancólica plaza de San Felipe Neri; los aristocráticos Aldaya y Vidal asoman en sus mansiones de los barrios altos; el gracejo picaresco de Romero de Torres combate la perversidad del inspector Fumero o la vesania de Mauricio Valls en el castillo de Montjuïc. Ocho rutas abordables en cualquier orden. Unas, como la de la Rambla, la Ribera o la de los barrios altos, de recorrido prolijo; otras, más concentradas en un espacio concreto.

Si la literatura cura de todo, el prospecto de este libro diríamos que contiene dosis de rigor histórico, aunque está contraindicado para el rigorismo del dato. Las novelas de

Ruiz Zafón confirman el diagnóstico de Mario Vargas Llosa en *La verdad de las mentiras*. Nada mejor que *Los miserables* de Hugo para entender el París del XIX o *Tirant lo Blanc* para oler a medioevo: «La verdad literaria es una y otra la verdad histórica. Pero, aunque esté repleta de mentiras —o, más bien, por ello mismo—, la literatura cuenta la historia que la historia que escriben los historiadores no sabe ni puede contar». En la novela cabe todo, aseguraba el doctor Baroja; lo único exigible es que la historia nos atrape. Olvidemos las manecillas de ese reloj que marca, implacable, el *tedium vitae*; apaguemos el teléfono móvil con sus servidumbres digitales.

El principio activo de este libro es la *zafonmanía*, sustancia indicada contra los estados carenciales de imaginación. Su posología admite generosas dosis, sin temer otros efectos secundarios que un inofensivo síndrome de Stendhal. La obra de Carlos Ruiz Zafón figura en la agenda sentimental de millones de lectores. Todos tenemos algo de cada uno de sus personajes. Sigámoslos, guía en mano, por la Barcelona de los misterios.

LAS NOVELAS Y SUS PASEANTES

MARINA (1999)

Es la cuarta novela de Carlos Ruiz Zafón, tras su Trilogía de la Niebla. El joven Óscar Drai ha desaparecido huyendo de sus recuerdos. Su historia de amor con la bella y enigmática Marina le lleva a investigar un mundo de seres atormentados y a ver de cerca la muerte... El perfil melancólico de los protagonistas, en una Barcelona brumosa, preludia la atmósfera gótica de *La Sombra del Viento*. «De entre todos los libros que he publicado desde que empecé en este extraño oficio de novelista, allá por 1992, *Marina* es uno de mis favoritos», declaró el escritor barcelonés.

— Óscar Drai. Adolescente que descubre el primer amor y el sentido de la aventura y de la pérdida.
— Marina Blau. Delicada, sensible y culta, aporta a Óscar cierta filosofía de la vida y de la muerte.
— Germán Blau. El padre de Marina, pintor, elegante y cultivado.
— Mijail Kolvenik. Propietario de la fábrica Velo-Granell, la riqueza le llevará a la desgracia y a morbosos experimentos con cadáveres.
— Eva Irinova. Cantante de ópera para la que Kolvenik construirá un teatro. El ataque de un enemigo de su marido el día de la boda le desfigurará el rostro.
— Joan Shelley. Médico traumatólogo, amigo y colaborador de Kolvenik.

LA SOMBRA DEL VIENTO (2001)

La primera novela para adultos de Ruiz Zafón narra la peripecia de Daniel Sempere cuando descubre en el Cementerio de los Libros Olvidados el libro de un misterioso escritor, Julián Carax. Experimentará un viaje a través del tiempo y la identidad de un autor y habrá de enfrentarse a unos siniestros personajes. Ambientada en una estilizada Barcelona de posguerra, con ingredientes de novela gótica.

— Daniel Sempere. A los diez años, su padre, librero de la calle Santa Ana, le descubre el Cementerio de los Libros Olvidados: allí hallará un libro maldito, *La Sombra del Viento*, que cambiará su vida.
— Julián Carax. Autor de *La Sombra del Viento*, torturado por la literatura y el amor.

— Isaac Monfort. Guardián del Cementerio de los Libros Olvidados.
— Nuria Monfort. Hija de Isaac, acompañará a Julián y pagará con su vida la preservación de sus obras.
— Gustavo Barceló. Bibliófilo con ínfulas byronianas, amigo del padre de Daniel.
— Clara Barceló. La sobrina de Gustavo Barceló, sensible e invidente.
— Fermín Romero de Torres. Mendigo con amplio conocimiento de la vida y la literatura de método picaresco que acompañará a Daniel en sus pesquisas.
— Antoni Fortuny. Padre de Julián Carax, de oficio sombrerero, se casó con Sophie Carax y vio su existencia amargada al comprobar que su hijo era de otro hombre.
— Bea. Amiga de Daniel Sempere, vivirá con él momentos terroríficos en el caserón de los Aldaya.
— Los Aldaya (Ricardo y Jorge). Saga aristocrática, propietarios de la casa de la avenida del Tibidabo. Penélope Aldaya será el amor imposible de Julián Carax.
— Javier Fumero. Inspector de policía que odia desde su juventud a Julián Carax. Le perseguirá para acabar con él.
— Laín Coubert. Personaje demoníaco salido de las páginas de un libro que quiere destruir la obra de Julián.

EL JUEGO DEL ÁNGEL (2008)

Supone la confirmación del fenómeno Ruiz Zafón. Tras haber vendido en todo el mundo millones de ejemplares con *La Sombra del Viento*, retorna siete años después con esta historia ambientada en la Barcelona de los años veinte, que aporta una concepción más oscura y menos melancólica. David Martín, joven escritor de folletines obsesionado con un amor imposible, que es contratado por un extraño editor para que escriba un libro que romperá con el orden establecido. Una oferta que no podrá rechazar y le arrastrará a un diabólico juego.

— David Martín. Periodista del diario *La Voz de la Industria* y escritor de folletines con seudónimo. De pequeño conoce la tristeza de una familia desestructurada y la amargura de su padre, excombatiente de las Filipinas.
— Pedro Vidal. Aristócrata y pluma estrella del rotativo donde trabaja David, plagiará sus obras y le robará a Cristina, la mujer que ama.
— Cristina Sagnier. Hija del chófer de la familia Vidal, basculará entre Pedro y David hasta perder el control de sus emociones.
— Andreas Corelli. Mefistofélico editor, propietario de Éditions de la Lumière de París. Con su ángel en la solapa, propondrá escribir a David un extraño libro.
— Señor Sempere. Regenta con su hijo la librería de la calle Santa Ana y es el «protector literario» de David Martín.
— Barrido y Escobillas. Editores explotadores que se enriquecen con los folletines de David Martín.
— Víctor Grandes. Policía que investiga los crímenes que salpican la novela, hasta hacer de David Martín el centro de sus pesquisas.
— Isabella Gispert. Hija de los propietarios de un colmado cercano a la casa de David Martín, se le ofrece como secretaria y asistente.
— Diego Marlasca. Abogado que habitó el torreón de la calle Flassaders donde vive David Martín. Aparece muerto en el Depósito de las Aguas de la Ciudadela.

— Ricardo Salvador. Expolicía, deduce que el presunto suicidio de Marlasca fue en realidad un asesinato.
— Alicia Marlasca. Viuda de Diego y amiga de Ricardo Salvador, habita una decadente mansión en Vallvidrera mientras espera la muerte.
— Sebastián Valera. Abogado y socio de Marlasca.
— Don Basilio Moragas. Periodista veterano, dirige el diario *La Voz de la Industria* y guía los pasos de David Martín en la escritura de folletines.
— Irene Sabino. Actriz de teatro amante de Marlasca, con quien participó en sesiones de espiritismo. Acaba en la prostitución y la miseria.

EL PRISIONERO DEL CIELO (2011)

La tercera novela del Cementerio de los Libros Olvidados arranca en la Navidad de 1957. Casado con Bea y padre de un hijo, el pequeño Julián, Daniel Sempere mantiene la librería de la calle Santa Ana. Todo parece seguir su curso hasta que su amigo Fermín Romero de Torres le explica la triste suerte que corrió al acabar la guerra civil, cuando fue a dar con sus huesos en el siniestro castillo de Montjuïc, del que se fugó utilizando la misma estratagema del conde de Montecristo. Se puede decir que *El Prisionero del Cielo* es la novela de Fermín y de la torturada memoria de David Martín.

— Daniel Sempere, Fermín Romero de Torres, Gustavo Barceló, Bea, David Martín, Javier Fumero, Isabella. Personajes que ya aparecieron en las dos entregas anteriores: vamos conociendo más detalles de sus vidas.

— Mauricio Valls. Escritor y ministro de Educación Nacional con Franco, escaló hasta las jerarquías del Régimen a partir de su turbio pasado represor en la inmediata posguerra desde su *jefatura* del castillo-prisión de Montjuïc.
— Sebastián Salgado. Sindicalista y compañero de celda de Romero de Torres en Montjuïc. Oculta una personalidad sombría y va en busca de un tesoro.
— Alburquerque. Profesor de la Facultad de Letras, articulista y crítico, se pasa los días enfrascado en los trabajos de sus alumnos y los libros de la biblioteca de la calle del Carmen.
— Oswaldo Darío de Mortensen. Amanuense que trabaja en una de las casetas del Palacio de la Virreina.
— Luisito. Alumno aventajado de Oswaldo Darío de Mortensen en la redacción de documentos.
— Armando. Jefe de los clanes gitanos de la playa del Somorrostro, atiende a un Romero de Torres casi moribundo después de su fuga de Montjuïc.
— Fernando Brians. Joven abogado defensor de David Martín que lucha contra los poderes fácticos y los esbirros de Mauricio Valls.
— Padre Valera. Sacerdote y lector de Machado. Da cobijo a un Romero de Torres sumido en la clandestinidad.
— La Rociíto. Joven y felliniana prostituta con buen corazón que acoge en su orondo regazo a un Romero de Torres apaleado y en horas bajas.
— La Bernarda. Criada de don Gustavo Barceló, matrona popular y futura esposa de Romero de Torres.
— Doña Edelmira. Vecina de Daniel Sempere, viuda y pintora de vírgenes y santos. Fue en su juventud bailarina del teatro Arnau del Paralelo.

— Pablo Cascos Buendía. Antiguo prometido de Bea, intenta reencontrarse con ella en el hotel Ritz y acaba teniendo un encontronazo con Daniel Sempere.
— Román Sanahuja. Médico jefe del hospital Clínico, acaba preso en el castillo de Montjuïc por negarse a delatar a sus compañeros.
— Bebo. Carcelero en Montjuïc. Es el único que confraterniza con los presos y cuida de David Martín.
— Sofía. Prima napolitana de Daniel, llega a Barcelona en viaje de estudios; guarda un gran parecido con Isabella, la difunta esposa del señor Sempere.

EL LABERINTO DE LOS ESPÍRITUS (2016)

Quince años después de *La Sombra del Viento*, Ruiz Zafón culmina el ciclo del Cementerio de los Libros Olvidados. En *El Laberinto de los Espíritus*, título que alude a la obra del escritor maldito Víctor Mataix, el autor barcelonés combina varios planos temporales para ir ligando los cabos sueltos de su monumental tetralogía a través de las investigaciones de la protagonista, la policía Alicia Gris.

— Daniel Sempere, Fermín Romero de Torres, Isaac Montfort, Gustavo Barceló, Bea, David Martín, Horacio Fumero, Sebastián Salgado, Isabella, el gitano Armando... Personajes que ya aparecieron en las novelas anteriores.
— Alicia Gris. La protagonista de la novela, una mujer con un trágico pasado que aúna la belleza con el dolor físico y moral: «Era indestructible como un diamante que todo lo cortaba».
— Juan Manuel Vargas. Policía reincorporado al cuerpo después de un periodo de problemas personales que sigue con

Alicia Gris el rastro del escritor maldito Víctor Mataix. Cincuentón musculoso de cabellos plateados, acompaña a Alicia en las investigaciones: «Tenía el porte sólido de quien ha pasado por la milicia con aprovechamiento y hace pocas escalas en el escritorio».

— Mauricio Valls. Escritor y ministro de Educación Nacional bajo el régimen franquista con un turbio pasado que ya conocimos en *El Prisionero del Cielo*.

— Sebastián Salgado. Sindicalista y compañero de celda de Romero de Torres en Montjuïc. Oculta una personalidad sombría y va en busca de un tesoro.

— Víctor Mataix. Folletinista e ilustrador amigo del escritor maldito David Martín, publicó en los años treinta la serie El Laberinto de los Espíritus, nueve libros protagonizados por una heroína, Ariadna, en una Barcelona infernal con personajes tenebrosos.

— Virgilio. De ojos azules, piel pálida y adicto al TriNaranjus, ayuda a Alicia a descubrir los libros de Víctor Mataix en la Biblioteca Nacional de Madrid.

— Leandro Montalvo. Personaje maquiavélico e influyente, mentor de Alicia Gris, mueve los hilos de la policía del Régimen: «Tenía una mirada jesuítica, de aquellas que olfatean los pecados antes de que se formen en el pensamiento y administran la penitencia con un simple pestañeo».

— Manuel Gil de Partera. Director del Cuerpo General de Policía.

— Fernandito. Enamorado de Alicia Gris desde la adolescencia, este muchacho con las hormonas en rebelión, los músculos recién estrenados y una incipiente barba la ayuda en sus pesquisas convertido en un «Marlowe pubescente».

— Rovira. Perseguidor de Vargas y Alicia, aunque ellos ya lo saben.
— Fernando Brians. El abogado representa a un coleccionista que compra todas las ediciones de *El Laberinto de los Espíritus* de Víctor Mataix.
— Miquel. Camarero de El Gran Café de la calle Aviñón, frecuentado por Alicia Gris.
— La Jesusa. Portera del inmueble que habita Alicia en la calle Aviñón.
— Pablo Cascos Buendía. Subalterno de Mauricio Valls, «alférez y cornudo».
— Julián Sempere. El hijo de Daniel y Bea.
— Ignacio Sanchís. Banquero de la Banca Ubach.
— Julián Carax. El autor de *La Sombra del Viento*.
— Y los cameos de los editores Émile de Rosiers, Revells y Badenes; los periodistas de *La Vanguardia* Sergio Vilajuana y Mariano Carolo; la agente literaria *madame* Currygan y Jean-Raymond de Planaux, amigo del autor a quien dedicó *La Sombra del Viento*.

LA CIUDAD DE VAPOR (2020)

Además de la tetralogía del Cementerio de los Libros Olvidados, Carlos Ruiz Zafón había agavillado antes de su muerte el 19 de junio de 2020 once relatos con claves que desvelan pasadizos ignorados entre *La Sombra del Viento*, *El Juego del Ángel*, *El Prisionero del Cielo* y *El Laberinto de los Espíritus*. Esta aportación viene a completar su obra y reafirma la infinitud del universo zafoniano.

— *La Ciudad de Vapor* despliega un mapa, hasta ahora secreto, que nos guiará por algunos de esos pasajes de su magna obra para revelar episodios del pasado de sus protagonistas. Presencias que, como almas en pena, transitan entre el sueño y la vigilia por los vericuetos crepusculares de la ciudad gótica.

— «Blanca y el adiós» remite a «las memorias nunca acontecidas de David Martín».
— «Sin nombre» transcurre en la Barcelona de 1905. Una muchacha padece los dolores de parto a las puertas del cementerio del Este... Es la madre de David Martín.
— Laia es la protagonista de «Una señorita de Barcelona», una muchacha capaz de encarnar a personas difuntas... Su padre, un fotógrafo fracasado y jugador, convierte esos poderes en carnalidad prostibularia.
— David Martín reaparece en «Rosa de fuego». Preso en el castillo de Montjuïc, un 23 de abril de la posguerra distrae a sus compañeros de cautiverio con una historia de dragones y rosas. En el siglo XV, el impresor Sempere es obligado por el inquisidor a traducir el cuaderno que portaba Edmond de Luna, único superviviente de un buque varado ante la Muralla de Mar...
— En «El Príncipe de Parnaso», Antoni de Sempere, conocido como el «facedor de libros», acompaña en Barcelona a Miguel de Cervantes Saavedra en el año de gracia de 1616... Nos sumergimos en una historia de historias sobre el origen del Cementerio de los Libros Olvidados, de la que participa el inmortal Andreas Corelli.
— En «Leyenda de Navidad» recorremos un Barrio Gótico alumbrado por farolas de gas con una mujer de ojos blancos y labios negros. Es Candela, la criada de Escrutx, un abogado viudo y avaricioso. Ruiz Zafón rinde homenaje a su admirado Dickens con un personaje epígono del

mezquino Scrooge, protagonista del «Cuento de Navidad».

— «Alicia, al alba» nos traslada a los «días malditos» de 1938. Una muchacha de diecisiete años intenta sobrevivir malvendiendo sus últimas pertenencias hasta que comienzan a caer las bombas... Es la Alicia herida de *El Laberinto de los Espíritus*.
— Los malvados de todas las épocas protagonizan «Hombres de gris», ahora en la Barcelona de 1942. Los matones de los años veinte y treinta sirven en la Brigada Social. El jefe de los asesinos se llama Sanabria.
— Un okupa convive con los inquilinos de una casa bombardeada en 1939. Amará a Laura, «La mujer de vapor».
— En «Gaudí en Manhattan», el genial arquitecto proyecta un rascacielos en Nueva York y un estudiante de arquitectura le acompaña a cerrar el trato con un enigmático potentado en el Waldorf-Astoria.
— «Apocalipsis en dos minutos» transmite el tono de una despedida; un poema en prosa de apenas dos páginas sobre el gozo de las pequeñas cosas y el amor.

RUTAS DE LA BARCELONA DE CARLOS RUIZ ZAFÓN

La Rambla fue, que ya no es, la puerta de entrada a aquella vieja Barcelona que al menos hasta hace unos treinta años se resistía a cambiar, para bien o para mal. Hoy en día poco queda de ella, más que sus piedras y sus fachadas, que paradójicamente no han cambiado tanto como otros lugares de la ciudad. Su espíritu, sin embargo, parece haber hecho lo que tantos barceloneses, ceder esa vía a los turistas y a quienes la pisan buscando algo que dicen que vivió y paseó por allí. Contemplarla hoy hace que uno se pregunte si las calles y las avenidas no serán un poco como los ríos o como la riera que originalmente corría por donde yace hoy la Rambla. Tal vez su esencia no resida en el cauce, sino en el caudal que fluye por ellos y se pierde irremediablemente.

CARLOS RUIZ ZAFÓN

RAMBLA

EL CEMENTERIO DE LOS LIBROS OLVIDADOS

CASA DE BRUNO QUADROS

«A media tarde el sol despuntó bajo el manto de nubes que había dejado la tormenta. Las calles relucientes de lluvia se transformaron en espejos sobre los que caminaban los paseantes y se reflejaba el ámbar del cielo. Recuerdo que anduvimos hasta el pie de la Rambla, donde la estatua de Colón asomaba entre la bruma. Caminábamos en silencio, contemplando las fachadas y el gentío como si fuesen un espejismo, como si la ciudad estuviese ya desierta y olvidada. Barcelona nunca me pareció tan hermosa y tan triste como aquella tarde.»

El Juego del Ángel, Carlos Ruiz Zafón

1 Fuente de Canaletas, antiguo café (hoy, hamburguesería) y bar Nuria.
2 Estación de metro y tren.
3 Teatro Capitol (Rambla, 138).
4 Poliorama (Rambla, 115).
5 Calle Santa Ana, 27 (Guantería Alonso) e Iglesia de Santa Ana.
6 Puerta del Ángel.
7 Els Quatre Gats (calle de Montsió, 3 bis).
8 Ateneo Barcelonés (calle Canuda, 6).
9 Puertaferrisa, Petritxol (granjas La Pallaresa y Dulcinea) y plaza del Pino.
10 Mercado de la Boquería.
11 Casa de Bruno Quadros (Rambla, 82).
12 Café de la Ópera (Rambla, 74).
13 Gran Teatro del Liceo (Rambla, 61).
14 Hotel España (calle San Pablo, 11).
15 Calle Fernando.
16 Plaza Real.
17 Calle de la Lleona, 21.
18 Calle Aviñón.
19 Casa Joan Shelley (Rambla, 46-48).
20 Hotel Oriente (Rambla, 45-47).
21 Calle Escudellers.
22 Cementerio de los Libros Olvidados (calle Arco del Teatro, junto al teatro Principal).
23 Calle José Anselmo Clavé.
24 Plaza Duque de Medinaceli.
25 Monumento de Colón y Moll de la Fusta (amarre de las golondrinas).

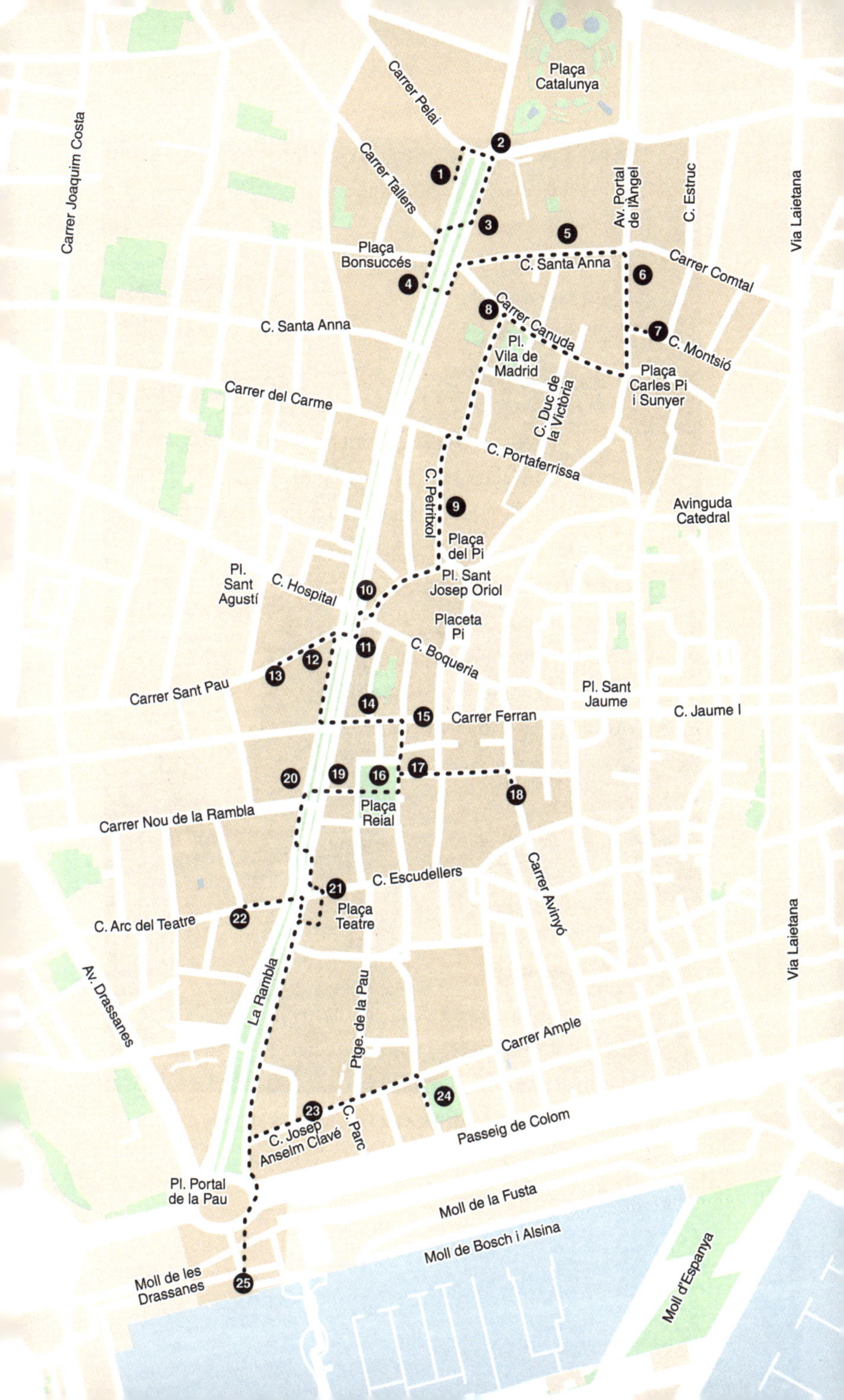
Plaça Catalunya
Carrer Pelai
Carrer Tallers
Carrer Joaquim Costa
Av. Portal de l'Àngel
C. Estruc
Via Laietana
Plaça Bonsuccés
C. Santa Anna
Carrer Comtal
Carrer Canuda
Pl. Vila de Madrid
C. Montsió
Plaça Carles Pi i Sunyer
C. Duc de la Victòria
Carrer del Carme
C. Portaferrissa
C. Petritxol
Avinguda Catedral
Plaça del Pi
Pl. Sant Josep Oriol
Pl. Sant Agustí
C. Hospital
Placeta Pi
C. Boqueria
Carrer Sant Pau
Pl. Sant Jaume
C. Jaume I
Carrer Ferran
Plaça Reial
Carrer Nou de la Rambla
C. Escudellers
Carrer Avinyó
Plaça Teatre
C. Arc del Teatre
Av. Drassanes
La Rambla
Ptge. de la Pau
Carrer Ample
C. Josep Anselm Clavé
C. Parc
Passeig de Colom
Pl. Portal de la Pau
Moll de la Fusta
Moll de Bosch i Alsina
Moll d'Espanya
Moll de les Drassanes
1
2
3
4
5
6
7
8
9
10
11
12
13
14
15
16
17
18
19
20
21
22
23
24
25

LA RAMBLA EN EL TRAMO DE SANTA MÓNICA

Barcelona fue hasta 1860 —el año en que se comienza a desarrollar el Ensanche de Ildefons Cerdà— una urbe constreñida por las murallas medievales. Su arteria principal era la Rambla, del topónimo árabe *ramla* («arenal»). En el siglo XVIII fueron levantándose conventos y casas en los márgenes amurallados de aquella «riera» o torrente. Al final de aquella centuria, la Rambla se urbanizó y arborizó, hasta devenir cauce ciudadano cuyos diferentes tramos se bautizaron según los edificios notables —la mayoría religiosos— que se asomaban al torrente: Rambla de Canaletas; de los Estudios (por el Estudio General o Universidad del siglo XV al XVIII); de las Flores o San José; del Centro o de los Capuchinos, y Rambla de Santa Mónica.

CANALETAS

Canaletas es un lugar propicio para las citas acordadas y los encuentros imprevistos. Se dice que el nombre de Canaletas proviene de unas torres que se levantaron en tiempos medievales en la cabecera de la Rambla, pero la fama del lugar proviene de la fuente que, cual rito iniciático, atrae al visitante y a los hinchas futbolísticos.

Nosotros seguiremos a los personajes de Carlos Ruiz Zafón. Su Barcelona favorita «siempre fue la de octubre, cuando le sale el alma a pasear y uno se hace más sabio con sólo beber de la fuente de Canaletas, que durante esos días, de puro milagro, no sabe ni a cloro...». Avanzan «a paso ligero, sorteando limpiabotas, chupatintas que volvían del cafetito de media mañana, vendedores de lotería y un ballet de barrenderos que parecían estar puliendo la ciudad a pincel, sin prisa y con trazo puntillista».

FUENTE DE CANALETAS

Enfrente de la popular fuente está el café Canaletas, donde un domingo Daniel Sempere, protagonista de *La Sombra del Viento*, desayuna con Fermín Romero de Torres; también hubo un popular quiosco a modo de glorieta que despachaba bebidas y que acabó derribado en 1951. No era un quiosco de prensa, como los que se suceden en la Rambla, sino un lugar de tertulia, donde mientras el limpiabotas lustraba los zapatos, se leía el diario o se discutía la jornada futbolística. Hoy, el café Canaletas es una hamburguesería y en aquel quiosco solo se despacha el tiempo amarillo de las fotografías. En aquel café Canaletas se sienta también David Martín en *El Juego del Ángel*. Ha comprado todos los diarios en busca de las reseñas de la novela *La casa de las cenizas*, que ha publicado su competidor, el aristocrático y plagiario Pedro Vidal. Los críticos alaban la obra de Vidal con grandes titulares y ningunean la novela de Martín, *Los pasos del cielo*: «Dejé en la mesa los diarios y el café que había pedido y me encaminé Rambla abajo... Por el camino crucé frente a cuatro o cinco librerías, todas adornadas con incontables copias de la novela de Vidal. En ninguna encontré un solo ejemplar de la mía».

Si hablar de las Ramblas es hablar de la fuente de Canaletas no podemos olvidar el bar Nuria, un establecimiento que ya en el momento de su fundación, allá por 1926, abrazó las líneas geométricas del funcionalismo, una precoz modernidad con la que atravesó todos los avatares del siglo XX.

El Nuria es un enclave idóneo para disfrutar del espectáculo cotidiano ramblero. En *El Laberinto de los Espíritus* Alicia y Vargas cotejan en una mesa junto a la ventana los informes policiales sobre el extraño atentado contra Mauricio Valls en el Círculo de Bellas Artes: «Alicia pidió una copa de vino blanco, la segunda del día. Encendió un cigarrillo y abandonó la mirada entre el gentío que fluía Ramblas abajo como si se tratara del mayor acuario del mundo».

En *La Sombra del Viento* Daniel pasa a menudo por Canaletas. Compra el periódico, huele la tinta fresca y observa el tránsito de las estaciones antes de sumergirse en los túneles ferroviarios, esa avenida de la Luz subterránea que le transporta a los universos clausurados de Sarriá y el Tibidabo: «Los diarios de la tarde traían la noticia en primera página, con foto de la Rambla nevada y la fuente de Canaletas sangrando estalactitas: "LA NEVADA DEL SIGLO", prometían los titulares». Daniel se deja caer en un banco del andén y aspira «ese perfume a túneles y hollín que trae el rumor de los trenes invisibles. Al otro lado de las vías, en un cartel publicitario, proclamando las delicias del parque de atracciones del Tibidabo, aparecía el tranvía azul iluminado como una verbena, y tras él se adivinaba la silueta del caserón de los Aldaya».

La avenida de la Luz retorna como escenario de *El Laberinto de los Espíritus*. Reconvertida en estación de los Ferrocarriles de la Generalitat, componía una suerte de Barcelona subterránea con bares, tiendas, cine y limpiabotas hasta que la decadencia la convirtió en un reducto marginal. Alicia y Vargas rastrean los pasos del abogado Brians por ese bulevar que no alcanzó la gloria de la supervivencia: «Catacumba en ciernes por la que soplaba el aire perfumado de carbón y electricidad que escupían los túneles del metro, la Avenida de la Luz se había quedado en albergue y escondite para quienes rehuían la superficie y el sol. Vargas escrutó aquella sombría fuga de columnas de falso mármol flanqueando bazares de medio pelo y cafés con luz de morgue, y se volvió hacia Alicia».

La pareja de policías observa como Brians se mete en el cine, con «sus luces de atracción de feria y sus viejos carteles de restreno». El abogado adquiere una entrada para ver una sesión doble de Orson Welles con *El tercer hombre* y *El extraño*. Le siguen hasta el interior de la sala: «Al pasar por los cortinajes aterciopelados que sellaban la entrada los envolvió un perfume a cine viejo y a miserias inconfesables. El haz del proyector atravesaba una nube espesa que parecía llevar décadas atrapada sobre la platea. Hileras de butacas vacías descendían hasta la pantalla, donde el pérfido Harry Lime huía a través de la fantasmagoría de túneles del alcantarillado de Viena. El tono espectral de aquellas imágenes le recordó a Alicia las escenas que había leído en el libro de Víctor Mataix».

Volvemos al exterior y reparamos en el vestíbulo del Capitol: en otro tiempo fue cine y luego se reconvirtió en teatro. En los días de ceniza de posguerra, Daniel Sempere pasaba por el Capitol de camino a su casa. Conocido popularmente como Can Pistoles por su programación monotemática de películas del Oeste, su vestíbulo llamaba la atención por los espectaculares y cromáticos carteles, ejecutados por pintores que no pasarán a la posteridad, pero cuyas imágenes impregnaron la educación sentimental de varias generaciones. Aunque llueve a cántaros, Daniel se detiene a observar aquellos artistas anónimos: «De regreso a la librería crucé frente al cine Capitol, donde dos pintores entarimados en un andamio contemplaban desolados cómo el cartel que no había terminado de secar se les deshacía bajo el aguacero».

Poco más abajo de Canaletas encontramos el teatro Poliorama, que alberga el edificio con observatorio astronómico donde el escritor George Orwell se refugió en mayo del 37 de sus perseguidores estalinistas; al lado del Poliorama, en un viejo café, se sentaron Daniel y Bea después de encontrarse en la universidad. Conversan sobre Julián Carax. «Pues bien —dice Daniel—, ésta es una historia de libros. [...] De libros malditos, del hombre que los escribió, de un personaje que se

GUANTERÍA ALONSO (CALLE SANTA ANA, 27)

escapó de las páginas de una novela para quemarla, de una traición y de una amistad perdida. Es una historia de amor, de odio y de los sueños que viven en la sombra del viento.» Al salir del café, ya noche cerrada, Daniel conducirá a Bea hasta el Cementerio de los Libros Olvidados.

LIBRERÍA DE LA CALLE SANTA ANA

Daniel vive con su padre en un pequeño piso de la calle Santa Ana, en la esquina de la plaza de la iglesia del mismo nombre y sobre la librería especializada en ediciones de coleccionista. Si bajamos por la Rambla, en la primera esquina a mano izquierda se nos ofrecen dos caminos: la calle Santa Ana y la calle Canuda. Tomamos el primero. Con *La Sombra del Viento* en nuestras mentes lectoras, la librería se inspira por su estética en la Guantería Alonso del número 27. Desde la parte posterior del edificio de los Sempere se divisa la iglesia de Santa Ana. Accedemos por la plaza adoquinada a la capilla donde Daniel se casa con Bea, y cuya construcción se atribuye a la Orden del Temple. En ese mismo altar contraen también matrimonio Fermín Romero de Torres y la Bernarda en *El Prisionero del Cielo*. En su celo prematrimonial, el amigo de Daniel «había llegado al extremo de hacer amistad con el nuevo párroco de Santa Ana, don Jacobo, un sacerdote burgalés de ideario relajado y maneras de boxeador retirado al que había contagiado su desmedida afición por el dominó». Los domingos, cuando acaba la misa, don Jacobo y Fermín se convierten en parroquianos del decimonónico bar Almirall de la calle Joaquín Costa. Sobre las mesas de mármol remueven las fichas entre copas de aromas de Montserrat y chistes picantes.

La boda de Fermín, a la que asiste Daniel, se celebra en febrero de 1958: «La novia vestía de blanco y, aunque no lucía grandes alhajas ni adornos, no ha habido en la historia una mujer que fuese más hermosa a los ojos de su prometido que la Bernarda aquel día primerizo de febrero reluciente de sol en la plaza de la iglesia de Santa Ana. Don Gustavo Barceló, que si no había comprado todas las flores de Barcelona para inundar la entrada al templo no había comprado ninguna, lloró como una magdalena, y el cura amigo del novio nos sorprendió a todos con un sermón lúcido que le arrancó lágrimas hasta a Bea, que no era presa fácil».

La saga de los Sempere atraviesa los siglos, primero como impresores —Raimundo y Antoni— y luego como libreros en la calle Santa Ana. Los antepasados de Daniel Sempere reviven en dos relatos de *La Ciudad de Vapor*: Raimundo

IGLESIA DE SANTA ANA

Sempere en «Rosa de fuego» y Antoni Sempere en «El Príncipe de Parnaso».

En *El Juego del Ángel* retrocedemos una generación en la familia Sempere; el lugar predilecto de David Martín es precisamente la librería de la calle Santa Ana: «Aquel lugar que olía a papel viejo y a polvo era mi santuario y refugio. [...] El escaparate de la vieja librería proyectaba un soplo de luz sobre los adoquines húmedos y brillantes».

Unas Navidades de los años veinte, el señor Sempere le regala a David un ajado ejemplar de *Grandes esperanzas*, de Charles Dickens: el escritor en ciernes lo leerá hasta nueve veces seguidas. Su pasión por la lectura es tal que daría la vida por conservar ese libro. Otras Navidades, las de 1957, un extraño irrumpe en la librería y, después de escudriñar cada

PUERTA DEL ÁNGEL DESDE PLAZA DE CATALUÑA

rincón, detiene su andar renqueante en la vitrina de ébano y cristal que alberga los ejemplares más valiosos. Tras esgrimir una sonrisa «que parecía cualquier cosa menos amigable», el visitante se encapricha de un volumen de *El conde de Montecristo*. Se trata de una edición muy costosa, numerada y con láminas de Arthur Rackham que cuesta treinta y cinco pesetas. Ayudándose con su mano izquierda postiza, el comprador escribe una enigmática dedicatoria que rubrica con el número trece: «Para Fermín Romero de Torres, que regresó de entre los muertos y tiene la llave del futuro».

Si salimos de Santa Ana arribaremos a la avenida Puerta del Ángel. Desde su calle, Daniel acostumbra a contemplar la luz vaporosa de las farolas, hasta que un día descubre una inquietante silueta que parece aguardarle: «La figura se recortaba en un retazo de sombra tendido sobre el empedrado de la calle, inerte...». No es la primera vez que sigue los pasos a uno de sus clientes. «Un librero de profesión —confiesa en *El Prisionero del Cielo*— tiene pocas ocasiones de aprender sobre el terreno el fino arte de seguir a un sospechoso sin ser descubierto. A menos que buena parte de sus clientes coticen en el ramo de los morosos, la mayoría de esas oportunidades se las brinda el catálogo de relatos policíacos y novelas de a peseta que hay en sus estanterías.» Al sujeto que le acaba de comprar esa costosa edición de *El conde de Montecristo* no lo va a perder de vista. Seguirá su paso renqueante Ramblas abajo.

A la izquierda de la avenida, la umbría calle de Montsió depara un rincón seminal del modernismo: Els Quatre Gats, la taberna donde Picasso esbozó sus primeros dibujos invitando a la clientela a beber, comer y divertirse con el teatro de marionetas del fundador del local, el *bon vivant* Pere Romeu.

MENÚ DE QUATRE GATS, POR PICASSO

ELS QUATRE GATS

En *La Sombra del Viento*, Daniel Sempere y el librero Gustavo Barceló concurren a la tertulia de bibliófilos que este preside en Quatre Gats, entre hierros forjados y un cuadro de

Ramon Casas con Pere Romeu compartiendo tándem: «Dragones de piedra custodiaban la fachada enclavada en un cruce de sombras y sus farolas de gas congelaban el tiempo y los recuerdos». En esas mesas que a finales del XIX compartieron Picasso y Albéniz se conocieron los padres de Daniel, y en esa taberna el librero Sempere y su hijo muestran a Barceló el ejemplar del enigmático Julián Carax recién rescatado del Cementerio de los Libros Olvidados. Barceló finge no dar importancia al ejemplar y pretende comprarlo, pero Daniel no cede.

ATENEO BARCELONÉS

Salimos a Puerta del Ángel y vamos a buscar en su ribera derecha la calle Canuda. En realidad, nos dirigimos al Ateneo Barcelonés, pero antes encontraremos una librería similar a la que regentan los Sempere. En el número 24, a nuestra izquierda, la Antiquària Farré, conocida en sus orígenes como El Sol y la Luna, nos brinda unos diminutos escaparates repletos de libros antiguos, ediciones raras y polícromas portadas de bibliófilo. La calle Canuda desemboca en una plaza con necrópolis romana a la que se asoma la parte lateral del Ateneo.

Un nuevo encuentro con Gustavo Barceló lleva a Daniel hasta el caserón de Canuda, 6. Ubicado en un palacete neoclásico desde 1906, el Ateneo «era —y aún es— uno de los muchos rincones de Barcelona donde el siglo XIX todavía no ha recibido noticias de su jubilación...». Aunque ha reformado sus dependencias, la entidad conserva ese encantador aire decimonónico de su acceso principal, el recoleto patio con briosas palmeras y una sosegada biblioteca. Subimos con Daniel: «La escalinata de piedra ascendía desde un patio palaciego hasta una retícula fantasmal de galerías y salones de lectura donde invenciones como el teléfono, la prisa o el reloj de pulsera resultaban anacronismos futuristas. El portero, o quizá tan sólo fuera una estatua de uniforme, apenas pestañeó a mi llegada. Me deslicé hasta el primer piso, bendiciendo las aspas de un ventilador que susurraba entre lectores adormecidos derritiéndose como cubitos de hielo sobre sus libros y diarios».

En ese Ateneo, entre libros y susurros, Daniel conocerá a Clara, la sobrina ciega del librero Barceló: una bella criatura «con tez de porcelana y ojos blancos». Crisálida de trabajos y días, en ese Ateneo se había refugiado años antes David Martín. Agazapado en sus salas de lectura, cavilaba cuándo se presentaría a su presunto benefactor, el demoníaco editor Andreas Corelli.

La biblioteca del Ateneo es lugar propicio para pesquisas y exploraciones en sus nutridos fondos librescos. En *El Prisionero del Cielo*, Daniel rastrea en los archivos la andadura trepadora de Mauricio Valls, el torturador del castillo de Montjuïc en 1939 que veinte años después acabó ocupando un alto cargo cultural en el régimen franquista... Sumergido en colecciones de periódicos y fichas de libros, se pasa «horas interminables leyendo, sobre líneas y entre ellas, contrastando historia y versiones, catalogando fechas y haciendo listas de triunfos y cadáveres escondidos en los armarios...». Los recuerdos de sus primeras incursiones en aquellas estancias ateneístas le llenan de nostalgia y cierto sentimiento de culpabilidad: «Aprendí a odiar aquellas tardes solitarias en la vieja biblioteca del Ateneo, donde no hacía tanto había dedicado mis ansias a causas más puras, como la piel de mi primer

PATIO DE ENTRADA DEL ATENEO BARCELONÉS

amor imposible, la ciega Clara, o los misterios de Julián Carax y su novela *La Sombra del Viento*».

PETRITXOL

Salimos del Ateneo y volvemos de nuevo a la torrentera de la Rambla. Echamos una ojeada al lugar donde estuvo la librería Canuda, con su olor a papel viejo. Un pasillo conduce a la sala de exposiciones y un sinnúmero de estanterías con volúmenes de todas las épocas, ediciones, precios y géneros. Ya en la Rambla, tomamos su margen izquierdo bajo los soportales del palacio Moja, donde el poeta Jacinto Verdaguer ejerció de capellán de los marqueses de Comillas. La primera calle que sale al encuentro es Puertaferrisa, con una fuente que evoca la Barcelona amurallada y la puerta de hierro que le dio nombre. Además del palacio Moja, en Puertaferrisa encontramos diversas casas de porte aristocrático con sus vestíbulos para carruajes. En uno de esos palacetes, que quedó abandonado y casi en ruinas, vivió Miquel Moliner, amigo de Julián Carax y compañero de Nuria Monfort. Desahuciado y enfermo, fue a parar a una pensión de la calle Canuda, «un tugurio lúgubre y húmedo que desprendía el color y el olor de un osario».

En la segunda travesía de Puertaferrisa, a la derecha, damos con una calle modelo de urbanidad y civismo; sus vecinos evocan en azulejos de trazo naif la ilustre memoria de quienes la habitaron, y aconsejan al paseante que se olvide del mundanal ruido. Anticuarios y galerías de arte, como la histórica sala Parés, corroboran el dicho de uno de los azulejos que jalonan la calle: «Ací la mare de Déu ens diu que el temps passa lleu» («Aquí la madre de Dios nos dice que el tiempo pasa leve»).

GRANJA DULCINEA EN LA CALLE PETRITXOL

Daniel guía a Clara, la joven invidente, por esa Barcelona particular que «sólo ella y yo podíamos ver»; un paseo que culmina en una granja de Petritxol con un plato de nata y chocolate, o suizo, con melindros. Las dos granjas más populares son La Pallaresa, en el número 11, fundada en 1947 y que está casi tocando la plaza del Pino, y la Dulcinea, que abrió sus puertas en 1941. Allí merendarán en 1957 Bea y una Bernarda atribulada porque está embarazada y teme que Fermín no quiera casarse al conocer su estado.

Por las granjas de Petritxol habían pasado años antes David Martín, en su idilio con Cristina Sagnier, la chica que se casa con Pedro Vidal, aristócrata con palco en el primer piso del Liceo y figura preeminente del círculo homónimo. La familia Vidal le invitará al estreno de *Madama Butterfly*. En el palco, David se quedará a solas con Cristina, «el uno contra el otro, sin más escudo que Puccini y cientos de rostros en la penumbra del teatro».

MERCADO DE LA BOQUERÍA

Después de su desagradable experiencia en la comisaría, y sabiéndose vigilado por los esbirros de Hendaya, Fernandito, uno de los personajes de *El Laberinto de los Espíritus*, intentando que sus captores le pierdan la pista por las populosas Ramblas, acaba por llegar a la Boquería.

El mercado más carismático y visitado de Barcelona es ideal para escurrir el bulto. Sobre todo a la hora de la llegada de las mercancías que han de nutrir la oferta de las paradas: «Un cortejo de furgones se había congregado a sus puertas. Un nutrido grupo de estibadores faenaban bajo la guirnalda de bombillas prendida en el interior del mercado descargando cajas y abasteciendo las paradas para el día siguiente. Sin pensarlo dos veces se coló entre las columnas de cajas. Su silueta se fundió con las docenas de trabajadores que recorrían los pasillos del mercado».

Fernandito busca refugio en la parte trasera de la Boquería: «La inmensa bóveda del mercado se abría a su paso como una catedral consagrada al arte de la fina vianda donde todos los olores y colores del universo se conjuraban en un gran bazar con que aplacar los apetitos de la ciudad». Mientras busca un rincón en el que pueda quedar a salvo de sus perseguidores Fernandito se sumerge en las interioridades del mercado. «Sorteó pilas de frutas y verduras, montículos de especias y conservas, arcones repletos de hielo y criaturas gelatinosas que aún se movían. Esquivó cadáveres sanguinolentos colgando de garfios y encajó maldiciones y empujones de carniceros, mozos y verduleras calzadas con botas de goma. Al llegar al extremo del tendido encontró una plaza repleta de pilas de cajas de madera vacías. Corrió a ocultarse tras una columna de arcones...»

GRAN TEATRO DEL LICEO

Desde su construcción en 1847, el Liceo constituye la tribuna burguesa de Barcelona y de los melómanos que no pueden pagarse un palco. Vamos de camino, pero al salir de Petritxol atravesamos antes la plaza del Pino con su iglesia gótica. El inmenso rosetón de Santa María del Pino alumbró con sus colores el enlace de Antoni Fortuny y Sophie Carax antes de que las brumas de la infidelidad agostaran el matrimonio. Era entonces la época en que abría sus puertas en la plaza la Estampería de Arte, con sus escaparates de imágenes piadosas y postales pedagógicas: fue inaugurada, precisamente,

GRAN TEATRO DEL LICEO

en 1789, el año de la Revolución francesa. Hoy es un vetusto y clausurado caserón donde ya no queda rastro de aquella iconografía que permitía recorrer el cielo y la tierra por el módico precio de una estampa.

INTERIOR DEL CAFÉ DE LA ÓPERA

La calle del cardenal Casañas nos devuelve a la Rambla, con la mirada puesta en la espectacular casa de Bruno Quadros, antigua paragüería de modernismo y japonesería reconvertida en sucursal bancaria. El dragón y el paraguas, suspendidos cual composición de Magritte, llaman la atención del paseante combinados con preciosas viñetas que aúnan el paipay con fantasías orientales.

Los dos jóvenes protagonistas de *Marina* se quedan maravillados ante el esplendor nocturno de la Rambla. «La silueta del Gran Teatro del Liceo se alzó frente a nosotros. Era noche de ópera y la diadema de luces de las marquesinas estaba encendida...» Óscar y Marina observan también la antigua fábrica de paraguas que domina el espectacular dragón chino: «Al otro lado del paseo reconocimos el dragón verde de la fotografía en la esquina de una fachada, contemplando el gentío. Al verlo pensé que la historia había reservado los altares y las estampitas para san Jorge, pero al dragón le había tocado la ciudad de Barcelona en perpetuidad».

Frente al Liceo se ubica un establecimiento frecuentado por nuestros paseantes. En el número 74 abre sus puertas el café de la Ópera. En la época de David Martín, allá por 1929, servía café por 35 céntimos, y en sus mesas de mármol tertuliaban los artistas del Liceo que, como coliseo operístico, inspiró el nombre del establecimiento. David recordará una tarde «en compañía de una maestra de música llamada Alicia a la que, sospechaba, estaba ayudando a olvidar a alguien que no se dejaba».

El mítico café de la Ópera será escenario de un truculento episodio de *El Prisionero del Cielo*: Isabella, la madre de Daniel Sempere, se encontrará después de la guerra con Mauricio Valls, el malvado director de la prisión del castillo de Montjuïc donde se pudre el escritor David Martín, a quien sus compañeros de cautividad llaman el Prisionero del Cielo. Después de la entrevista y de tomarse una manzanilla de dudosa procedencia, una Isabella tambaleante se levanta de la silla: «Valls apreció cómo sus pupilas se dilataban lentamente y una película de sudor afloraba sobre su labio superior. [...] Isabella retrocedió unos pasos y tropezó con el camarero en su camino hacia la salida...».

Cruzamos la Rambla y retornamos al Liceo, esta vez con el padre de Daniel Sempere. Le ha invitado su colega Gustavo Barceló a ver el *Tannhäuser* de Wagner, un compositor que causa furor en Barcelona. «¿Y a ti desde cuándo te gusta Wagner?», le pregunta su hijo. El padre se encoge de hombros: «A caballo regalado... Además, con Barceló da lo mismo la ópera que pongan, porque él se pasa toda la representación comentando la jugada y criticando el vestuario y el tempo».

HOTEL ESPAÑA

Al Liceo se accede por la Rambla y por la calle contigua, la de San Pablo. Por el camino, a media mañana, pueden oírse las voces de los cantantes que ensayan sus piezas operísticas. El bar American Soda, con sus arabescos *art nouveau* de 1902, nos da la bienvenida y, un poco más adelante, en el número 11, damos con el hotel España, donde la aristocrática familia Vidal de *El Juego del Ángel* mantiene una habitación reservada a perpetuidad. Rehabilitado a principios del siglo XX por Domènech i Montaner, el hotel cuenta con uno de los comedores más bellos del interiorismo modernista. Forjas, techos artesonados de maderas nobles y unas pinturas de sirenas que Ramon Casas pintó en tonos de suave verdor. David Martín está buscando a Cristina en el España; en lugar de la persona amada descubre la desagradable presencia de Andreas Corelli. Encuentra al editor «sentado a una de las mesas, el único huésped en todo el comedor» con una taza de café rebosante de azucarillos.

Volvemos sobre nuestros pasos, con el dragón y sus paraguas cubriendo la populosa Rambla. Nos situamos en el tramo central y nos dejamos llevar por la corriente hasta otro de sus afluentes.

LIBRERÍA DE GUSTAVO BARCELÓ

Presentemos a Gustavo Barceló, colega del señor Sempere y propietario de una «librería cavernosa» en la calle Fernando. En ese establecimiento, recuerda David Martín, «se hablaba de los libros como de vinos exquisitos, catalogando buqué, aroma, consistencia y año de cosecha...». Fumador de pipa apagada, con ínfulas aristocráticas, Barceló pretende emparentar su linaje con lord Byron.

Inmerso en la escritura del libro para el maléfico Corelli, David Martín pide consejo al especialista: necesita una buena edición de la Biblia: «Barceló, que entre otras muchas cosas era un persistente coleccionista de libros sagrados y textos apócrifos cristianos, disponía de un reservado en la parte de atrás de la librería repleto de un formidable surtido de evangelios, memorias de santos beatos y toda suerte de textos religiosos». Finalmente encuentra lo que buscaba: una Biblia de Torres Amat «cosecha» de 1893.

PLAZA REAL

Salimos de ese templo bibliófilo, solo accesible mediante la lectura, y nos adentramos por los soportales de piedra en la plaza Real, con su fuente, sus palmeras y sus mesas al aire libre con tanques de cerveza y patatas fritas: mezcolanza de turismo y sospechosos habituales. En uno de esos establecimientos, el hostal Ambos Mundos, dos camareros acarrean en *El Juego del Ángel* a un David Martín que ha bebido (demasiado) para olvidar frustraciones literarias y amorosas.

Galería de marginaciones, bajo los lóbregos arcos de la plaza, Daniel Sempere se topó un día ceniciento con el vagabundo erudito Fermín Romero de Torres. Se lo encontró «en su lugar habitual bajo los arcos de la calle Fernando. El mendigo estaba recomponiendo la primera página de la *Hoja del Lunes* a partir de trozos rescatados de una papelera».

El librero Barceló y su sobrina Clara habitan un principal de los amplios pisos que dan a la plaza. La vivienda «rodeaba la finca y describía un círculo de galerías, salones y pasillos». A Daniel, acostumbrado a su modesta morada de la calle Santa Ana, le parecen «una miniatura de El Escorial». El muchacho los visita casi diariamente; después de escuchar un recital de piano y rebuscar entre la bien surtida biblioteca de don Gustavo, sale luego con Clara a dar un paseo por la plaza o caminan hasta la catedral.

El Taxidermista fue durante décadas uno de los rincones más curiosos de la plaza Real: su memoria pervivió en el nombre del restaurante que abrió en sus antiguas dependencias. Regentado desde 1919 por el naturalista y taxidermista Luis Soler Pujol (1871-1923), discípulo de Francesc Darder, fundador del museo de Banyoles —donde se expuso aquel guerrero bantú disecado que tanta polémica suscitó—, y bautizado como Museo Pedagógico de Ciencias Naturales, el establecimiento era conocido popularmente como el «museo de las bestias».

En sus aparadores se podía encontrar todo bicho viviente: desde inofensivos caracoles a amenazantes serpientes y tigres o panteras africanos... disecados, claro está. Soler Pujol, que era también el taxidermista oficial del Museo de Ciencias Naturales de Barcelona, aunaba el conocimiento exhaustivo de la anatomía animal con cierta vocación artística: no es extraño que uno de sus mejores parroquianos fuera Dalí. El genial pintor, que se fotografió sobre un rinoceronte, le propuso dos encargos surrealistas: disecar doscientas mil hormigas y convertir una serpiente en un bastón...

En *El Laberinto de los Espíritus* Alicia y Vargas acuden al curioso museo que ahora dirige un descendiente de Soler Pujol para que los ayude en sus pesquisas: «Tigres, aves, lobos, simios y toda una regalía de especies exóticas poblaban aquel improvisado museo de ciencias naturales que hubiera hecho las delicias, o las pesadillas, de más de un estudioso de la fauna exótica de los cinco continentes. Vargas se paseó por las vitrinas, admirando la maestría que evidenciaban aquellas piezas de taxidermia».

Matías, el taxidermista, un viejo conocido de Alicia, los recibe con una sonrisa y les pide que le acompañen al interior: «El taller y laboratorio del taxidermista era una pequeña cueva de alquimia y prodigios. Un complejo alambique de lentes y lámparas pendía del techo sostenido por cables de metal. Las paredes estaban rematadas de armarios acristalados donde se podían ver infinidad de frascos y soluciones químicas. Grandes láminas de atlas anatómicos de color ocre flanqueaban la sala, brindando vistas de vísceras, esqueletos y musculaturas de criaturas de todo pelaje».

La plaza Real conecta con varias calles, todas estrechas y pobremente iluminadas. En la de la Lleona, 21, conocida en su primer tramo como «dels Tres Llits» por el prostíbulo que allí hubo, vive Ricardo Salvador, el hombre que sabe demasiadas cosas de la muerte del abogado Marlasca. En *El Juego del Ángel*, David Martín se adentra en ese callejón «tan tenebroso como su reputación» que «partía de los arcos a la sombra de la plaza Real y crecía como una grieta húmeda y ajena a la luz del sol entre viejos edificios apilados unos sobre otros y cosidos por una perpetua telaraña de líneas de ropa tendida». Escenografía de la Barcelona que Martín describe en su novela *La Ciudad de los Malditos*, las «fachadas decrépitas» de la Lleona «se deshacían en ocre, y las láminas de piedra que cubrían el suelo habían estado bañadas de sangre durante los años del pistolerismo». En el número 21 David observa con asco que «el suelo estaba encharcado, y un líquido oscuro y viscoso brotaba entre los resquicios de las baldosas». La descripción desaconseja una visita a esa calle en horas crepusculares por mera seguridad personal y, a todas horas, por motivos de higiene pública.

Cumplimentada la visita a Ricardo Salvador, Martín contempla una plaza Real «bañada en luz polvorienta que pintaba de rojo las siluetas de paseantes y extraños». Los pasos le llevarán, una vez más, a la librería Sempere de Santa Ana: allí podrá aspirar, por fin, «aquel perfume a papel y magia que inexplicablemente a nadie se le había ocurrido todavía embotellar».

CALLE AVIÑÓN

Alicia Gris, la protagonista de *El Laberinto de los Espíritus*, retorna a Barcelona procedente de Madrid. Un taxi la conduce hasta el número 12 de la calle Aviñón, en el cruce con la calle Fernando y frente al antiguo Gran Café.

Después de tres años fuera de su ciudad natal los recuerdos se agolpan en su mente: «Alicia se dejó envolver en la brisa fría que portaba aquel olor a barrio, a Barcelona vieja que ni siquiera la lluvia conseguía arrancar».

En el portal de su casa se reencuentra con doña Jesusa Labordeta, la portera de la finca, y Fernandito, el sobrino de esta, un adolescente tan servicial como perpetuamente enamorado de Alicia. Doña Jesusa la acompaña hasta el ático y le abre la puerta: «Alicia dejó la maleta en el suelo y se adentró en la vivienda. Jesusa aguardó en el umbral. Había flores frescas en un jarrón a la entrada y la casa olía a limpio. Recorrió las habitaciones y los corredores lentamente, como si visitara el piso por primera vez».

Alicia descorre las cortinas, abre las ventanas y se asoma al exterior: «El océano de terrados de la Barcelona vieja se extendía a sus pies y las torres de la catedral y de Santa María del Mar se alzaban en la distancia. Escrutó el trazado de la calle Aviñón y detectó una figura que se retiraba en las sombras del portal de La Manual Alpargatera al otro lado de la calle».

La Manual Alpargatera es toda una institución del esparto. Desde los años cuarenta —abrió sus puertas en 1943— reivindicó para el mundo de la moda un tipo de calzado que antes de la guerra civil se asociaba únicamente con las clases populares o rurales: hasta que se las puso Salvador Dalí; en este comercio histórico de la calle Aviñón 7 se producen de forma artesanal todos los modelos posibles de alpargatas para todo tipo de pies y andares.

Por esa Barcelona antigua «donde ni las máquinas ni sus discípulos conseguían penetrar» parece que no ha pasado el tiempo. Alicia recorrerá la Puerta del Ángel hasta la catedral y enfilará la curva de la calle de la Paja, junto a la muralla romana, para llegar a la calle Aviñón a través del que fue el barrio judío del Call: «Si no se aventuraba más allá del laberinto de callejas donde el sol apenas se atrevía a pasar de puntillas, tal vez no envejecería jamás y podría volver a un tiempo oculto para reencontrarse con el camino que nunca debió abandonar».

En la planta baja del número 9 de Aviñón, un edificio de cuatro plantas, abre sus puertas El Gran Café, un restaurante de estilo modernista. Fue inaugurado en 1970 en el local que anteriormente ocupaba la tienda de máquinas de coser Wertheim, que funcionaba en los bajos del edificio desde 1897, en plena eclosión del modernismo. El restaurante llama la atención por la gran estructura de madera que abarca toda la planta baja y la puerta de acceso. Situado en una esquina, exhibe un medallón oval que muestra la máquina de cerveza del establecimiento. En esas mesas separadas por marquesinas, e iluminadas por lámparas suntuosas que acentúan el aire retro del local, Alicia vuelve a desayunar desde su primer día barcelonés: «Miquel, camarero veterano y fisonomista oficial del barrio, la reconoció tan pronto como cruzó la puerta y la saludó desde la barra como si no hubieran pasado tres años desde su última visita. Alicia se sentó a una de las mesas junto al ventanal y contempló el viejo bar, desierto a aquellas horas de la mañana. Sin necesidad de que tuviera ni que pedir, Miquel se acercó con una bandeja y le sirvió lo de siempre: un café con leche, un par de tostadas con mermelada de fresa y mantequilla, y un ejemplar de *La Vanguardia* que aún olía a tinta fresca». Después de la pandemia del coronavirus, El Gran Café cerró sus puertas hasta su reconversión en pub irlandés.

RAMBLA, 46-48

Por la calle de la Lleona retornamos a la plaza Real, y de ahí a la Rambla en busca de un estudio fotográfico. Óscar Drai y

Marina indagan sobre una fotografía que lleva al dorso, con unas letras casi borradas, la dirección del Estudio Fotográfico Martorell-Borrás, situado en la Rambla de los Estudios, 46-48, primer piso. La imagen data de 1951 y pertenece a un tal doctor Joan Shelley. En ese número solo vamos a encontrar una tienda de souvenirs, pero si seguimos bajando hasta el 40, junto al pasaje Bacardí, que comunica con la plaza Real, abre sus puertas la veterana tienda de cine y fotografía Arpí.

Óscar y Marina penetran en el primer piso de un viejo edificio «de aire señorial e iluminación fúnebre» con llamadores de puertas «forjados en forma de rostros de ángel». Unas vidrieras multicolores producen un efecto caleidoscópico en el tragaluz del edificio.

Los protagonistas de *Marina* visitan varias veces la casa de Shelley. Por la noche, Óscar recorre a grandes zancadas el Raval, enfila la calle Conde del Asalto y llega a una Rambla transitada por un puñado de noctámbulos: «Los quioscos iluminados parecían buques varados». Se dirige al domicilio que el doctor Shelley comparte con su hija María. La fachada le parece «una máscara de relieves y gárgolas que escupían ríos de agua harapienta. Una espada de luz dorada emergía de una ventana en el vértice del edificio».

HOTEL ORIENTE

En la otra ribera de la Rambla, números 45 y 47, el hotel Oriente conserva la solera de los siglos. Construido sobre un convento de la orden franciscana, desamortizado en 1835 por la ley Mendizábal y convertido en hotel en 1842. En una de sus habitaciones se hospedó en septiembre de 1862 el escritor Hans Christian Andersen. El autor de *La Sirenita* abre una interminable lista de huéspedes ilustres del hotel. El edificio del Oriente aparece en *El Juego del Ángel* observado esta vez por un David Martín atribulado por las experiencias a que le somete el maléfico Andreas Corelli: «Una niebla tenue y cálida ascendía desde el puerto, y el destello de los ventanales del hotel Oriente la teñían de amarillo sucio y polvoriento en el que los transeúntes se desvanecían como trazos de vapor».

El Oriente es una institución barcelonesa. En una de sus habitaciones, concretamente la 406, se aloja el protagonista de «Hombres de gris», uno de los relatos de *La Ciudad de Vapor*: ha llegado a la Barcelona de posguerra para cumplir la siniestra misión de matar: «El hotel conservaba su aire de buque hundido...».

CALLE ESCUDELLERS

Por la acera de enfrente, junto a la estatua levantada en honor del dramaturgo Pitarra, podemos adentrarnos en la calle Escudellers, donde hubo un tiempo en que uno podía encontrar la mejor sastrería, el mejor colmado y una amplia variedad de burdeles. A uno de esos establecimientos comparece, en *La Sombra del Viento*, Daniel Sempere, «invitado» por el locuaz Fermín Romero de Torres. Al día siguiente, el joven se va a casar con Bea, y su amigo le ha organizado una despedida de soltero: «Llegada la noche de autos seguí dócilmente a Fermín hasta un tugurio infecto sito en la calle Escudellers donde los hedores a humanidad convivían con la fritanga más abyecta del litoral mediterráneo. Un plantel de damas con la virtud en alquiler y mucho kilometraje encima nos recibió con sonrisas que hubieran hecho las delicias de una facultad de ortodoncia». Fermín le ha reservado a la Rociíto, ejemplar de noventa kilos con vestido de viscosa colorado, exponente de la oferta carnal de posguerra que pululaba por Escudellers y los rincones de la calle del Gínjol y el bar de camareras La Buena Sombra.

El entorno de la estatua de Pitarra, que hoy ocupa la Universidad Pompeu Fabra, fue en su día un foro de carnalidad venal. Cuando se derribaron aquellos edificios, en los quicios permanecieron marcadas en mármol las huellas de aquellas peripatéticas condenadas a la espera permanente.

EL CEMENTERIO DE LOS LIBROS OLVIDADOS

Volvamos a vivir aquel amanecer del verano de 1945. Cinco de la madrugada de vapor sobre la Rambla de Santa Mónica. Un padre desvela a su hijo de diez años un secreto que habrá de guardar: «Daniel, lo que vas a ver hoy no se lo puedes contar a nadie». La calle Arco del Teatro hace honor a su nombre; es como un pórtico de la imaginación, «apenas una brecha entre edificios sombríos y ruinosos que parecían inclinarse como sauces de piedra para cerrar la línea del cielo que perfilaba los terrados». El nombre de la calle alude al teatro Principal, uno de los más antiguos de España, inaugurado en el siglo XVIII para las funciones benéficas del teatro de la Santa Cruz.

Daniel Sempere sigue a su padre «a través de aquel camino angosto, más cicatriz que calle, hasta que el reluz de la Rambla se perdió a nuestras espaldas». El padre se detiene ante un ennegrecido y viejo portón de madera en una fachada barroca. Golpea tres veces con un picaporte de bronce

CALLE ARCO DEL TEATRO

forjado en forma de diablillo. Les abre «un hombrecillo con rasgos de ave rapaz y cabellera plateada». Es Isaac, guardián del Cementerio de los Libros Olvidados. Una escalinata de mármol, figuras de ángeles y criaturas mitológicas conduce a «una gran sala circular donde una auténtica basílica de tinieblas yacía bajo una cúpula acuchillada por haces de luz que pendían desde lo alto».

«El laberinto de los libros se adivinaba en ángulos espectrales que despuntaban bajo el manto de la tiniebla.» ¿Qué es el Cementerio de los Libros Olvidados? El señor Sempere, librero de vocación, se lo explica a su hijo: «Este lugar es un misterio [...], un santuario. Cada libro, cada tomo que ves, tiene alma. El alma de quien lo escribió, y el alma de quienes lo leyeron y vivieron y soñaron con él. Cada vez que un libro cambia de manos, cada vez que alguien desliza la mirada por sus páginas, su espíritu crece y se hace fuerte. [...] Cuando una biblioteca desaparece, cuando una librería cierra sus puertas, cuando un libro se pierde en el olvido, los que conocemos este lugar, los guardianes, nos aseguramos de que llegue aquí». Según la costumbre, el visitante debe escoger un libro y adoptarlo para que nunca desaparezca; una responsabilidad que marcará su vida.

Tras inspeccionar el mágico laberinto con olor a humedad y papel viejo, Daniel repara en un volumen encuadernado en piel de color vino: *La Sombra del Viento*, de Julián Carax, publicado por Cabestany Editores en 1935. Volverá en otra ocasión y penetrará con sigilo en aquel ámbito que huele «a cera quemada y humedad». El portón se cierra a sus espaldas «como las entrañas de un autómata». El juego de mecanismos le parece a Daniel digno de Julio Verne, pero Isaac, ese «individuo, a medio camino entre Caronte y el bibliotecario de Alejandría», le dice que es más propio de los universos laberínticos de Kafka.

El Cementerio de los Libros Olvidados es el alfa y el omega de la tetralogía de Carlos Ruiz Zafón, donde todo comienza y acaba, como ocurre en su relato «El Príncipe de Parnaso», de *La Ciudad de Vapor*. Es «la mayor de las bibliotecas, aquella en la que toda obra perseguida o despreciada por la ignorancia y la malicia de los hombres iría a parar a la espera de volver a encontrar al lector que todo libro lleva dentro».

En *El Juego del Ángel*, el padre de Daniel Sempere acompaña a David Martín al Cementerio de los Libros Olvidados y le presenta a Isaac Monfort, el padre de Nuria Monfort, guardián de esa basílica de la memoria. David ha ido allí para depositar su fracasada novela *Los Pasos del Cielo* y *La Ciudad de los Malditos*, que firmó con el seudónimo de Ignatius B. Samson. El candil ilumina el «colosal laberinto de puentes, pasajes y estantes repletos de cientos de miles de libros». El guardián Isaac aventura que a mediados del siglo XIX «se encontró un largo túnel que conduce desde las entrañas del laberinto hasta los sótanos de una vieja biblioteca que hoy en día está sellada y oculta en las ruinas de una antigua sinagoga del barrio del Call».

A esa «catedral hecha de libros y palabras» retornará David con Isabella, la joven que le admira como escritor y le ordena la casa. Su explicación es un homenaje a la lectura: «Cada libro, cada tomo que ves, tiene alma. El alma de quien lo escribió y el alma de quienes lo leyeron y vivieron y soñaron con él. Cada vez que un libro cambia de manos, cada vez que alguien desliza la mirada por sus páginas, su espíritu crece y se hace fuerte. En este lugar los libros que ya nadie recuerda, los libros que se han perdido en el tiempo, viven para siempre, esperando llegar a las manos de un nuevo lector, un nuevo espíritu...».

Casi tres décadas después, en el invierno de 1957, Daniel Sempere acompaña a Fermín Romero de Torres al templo de los libros sumido entre las sombras: «Subí unos peldaños y golpeé el picaporte. El eco se perdió lentamente en el interior como una ondulación en un estanque. Fermín, que había asumido un silencio respetuoso y parecía un muchacho a punto de estrenarse en su primer rito religioso, me miró ansioso». Tras ser presentado a Isaac, que le da la bienvenida, Fermín «pasó la primera hora hipnotizado, deambulando como un poseso por los entresijos del gran rompecabezas que tramaba el laberinto». Entre los lomos «alineados en rutas sin fin» rescatará el episodio trece de *La Ciudad de los Malditos*, «Daphne y la escalera imposible», de David Martín. Y del fondo de un armario de Isaac emergerá un paquete que envuelve el manuscrito de *El Juego del Ángel*, aquel libro que Martín escribió por encargo de Corelli: «Las páginas estaban sucias, impregnadas de cera y sangre. La primera página mostraba el título trazado con caligrafía diabólica». Y en una esquina, con aquella misma caligrafía, un sobre cerrado con lacre escarlata y dirigido a Daniel...

En *El Laberinto de los Espíritus* Fermín Romero de Torres deambula por una Rambla de Santa Mónica con las farolas apagadas el 18 de marzo de 1938, la víspera del bombardeo de Barcelona por la aviación italiana. Accede a una escalera angosta para anunciar a una mujer, Lucía, que el hombre al que amaba y padre de su hija ha muerto en la prisión de Sevilla. Al entrar se topa con una niña de siete u ocho años: se llama Alicia y está leyendo *Alicia en el País de las Maravillas*. Comienza el rumor de las bombas y la metralla. Fermín busca a

Lucía y solo alcanza a hablar con Leonor, la abuela de la niña. Una explosión volatiliza el comedor de la casa y engulle a la abuela. Herido en el muslo, un renqueante Fermín sigue a la pequeña Alicia por el terrado del inmueble, que da a la calle Arco del Teatro. Al asomarse descubre «una estructura de aspecto ominoso, un viejo palacio que tenía los ventanales sellados y una fachada monumental que parecía llevar décadas sumergida en el fondo de un pantano. Una gran cúpula de cristal velado coronaba el edificio a modo de linterna, punteada por un pararrayos en cuya aguja ondeaba la silueta de un dragón». Cuando la niña supera la cornisa de la azotea observa que Fermín se ha quedado atrás. Es en ese momento cuando el impacto de un obús la precipita al vacío hasta atravesar la cúpula de cristal: «Había aterrizado en lo alto de una enorme espiral, una torre articulada en torno a un infinito laberinto de corredores, pasadizos, arcos y galerías que parecía una inmensa catedral...». Una catedral que no era de piedra sino de libros. Alicia pierde la conciencia. Cuando despierta, un hombre «de pelo cano y rasgos de ave rapaz» está curando la herida que tiene en la cadera. «La geometría imposible del laberinto de libros se perdía en la inmensidad y Alicia pensó que los estaba soñando, que la bomba había explotado en el comedor de la abuela y que ella y su amigo nunca habían salido de aquel edificio en llamas.» El hombre que la atiende se llama Isaac: «Alicia —dijo por fin—. Bienvenida al Cementerio de los Libros Olvidados».

Al igual que hizo su padre, Daniel Sempere llevará a su hijo Julián hasta la calle Arco del Teatro un amanecer del otoño de 1966. Isaac Montfort ya no es el guardián. Fermín Romero de Torres ha tomado el relevo. Les da la bienvenida al Cementerio de los Libros Olvidados. En su periplo por los túneles del laberinto, Julián escoge un libro, *La Túnica Carmesí*, volumen del ciclo de *La Ciudad de los Malditos* que escribió David Martín... Años después, y tras esa experiencia, Julián decidirá escribir una novela en cuatro tomos que titulará *El Cementerio de los Libros Olvidados*.

Por una de las esquinas de Arco del Teatro se va a la calle Lancaster. En el número 13 abre sus puertas el Teatro de las Sombras. Anuncia un «espectáculo de marionetas y autómatas, con la exclusiva y enigmática revelación de la estrella del music hall de París Madame Isabelle y su turbadora "Danza del Ángel de Medianoche"». Allí se dirigen, en *La Ciudad de Vapor*, los «Hombres de gris»: su oficio es matar al servicio del mejor postor.

Después de sentir un intenso escalofrío, mejor cambiar las tinieblas por la luz.

Salgamos de nuevo a la Rambla por ese Arco del Teatro mágico y crepuscular. En el Kiosco la Cazalla, fundado en 1912 —el año del hundimiento del *Titanic*—, parroquianos del barrio y turistas apuran la bebida blanca.

TIENDA DE ESTILOGRÁFICAS

Al final de la Rambla, detrás del Gobierno Militar, junto a la Puerta de la Paz y el monumento de Colón encontramos la calle José Anselmo Clavé, bautizada así en honor del fundador de los coros cantores obreros de finales del siglo XIX.

En esa calle se sitúa la tienda de plumas estilográficas que Daniel Sempere visita en *La Sombra del Viento* y a la que atribuye su vocación literaria y el amor por los libros. Siente devoción por «una suntuosa pluma negra ribeteada con sabía Dios cuántas exquisiteces y rúbricas» que preside el escaparate. Cada vez que su padre le lleva de paseo, Daniel insiste en contemplar una vez más ese barroco prodigio de la escritura. «En mi ingenuidad, creía que lo que yo pudiese escribir con aquella pluma llegaría a todas partes...» Al final, padre e hijo entrarán en la tienda para identificar el prodigioso artilugio: «Resultó ser que aquélla era la reina de las estilográficas, una Montblanc Meinsterstück de serie numerada, que había pertenecido, o eso aseguraba el encargado con solemnidad, nada menos que a Victor Hugo». La pluma unirá de por vida a Daniel con Julián Carax, el enigmático autor de *La Sombra del Viento*. Tal vez hubo alguna tienda así en esa calle, aunque nosotros ya vimos sus escaparates en el capítulo de una novela.

PLAZA DUQUE DE MEDINACELI

En el número 3 de la plaza Duque de Medinaceli, entre parterres, palmeras y con vistas al paseo Colón y el Moll de la Fusta, abre sus puertas el Registro Civil. Allí acude el inspector Vargas en *El Laberinto de los Espíritus* para contrastar unos certificados de identidad: «Entre las muchas aventuras que esconde el corazón de Barcelona hay lugares inexpugnables, abismos recónditos y, para los valientes todavía hay más, está el Registro Civil...». Vargas observa la fachada «remozada de carbonilla» y suspira para armarse de paciencia: «Tanto los ventanales velados como el semblante de mausoleo crecido de hechuras parecían ya advertir al incauto que ni se le ocurriese intentar el asalto. Franqueado el portón de roble que mantenía a raya a los mortales, le esperaba un mostrador amurallado tras el cual un hombrecillo con mirada de lechuza contemplaba la vida pasar sin amago alguno de bienvenida».

VISTA DEL PUERTO DE BARCELONA Y DEL MUELLE DE LAS GOLONDRINAS

Aunque alguien había colgado en el dintel un papel que advertía con sarcasmo «Abandone toda paciencia quien se aventure más allá de esta puerta...», Vargas tiene la suerte de toparse con doña Luisa Alcaine, una competente funcionaria a la que sigue por un corredor interminable: «¿Soy yo o este edificio parece más grande por dentro que por fuera?», pregunta el inspector.

Al finalizar el recorrido, tras franquear «una gran puerta de porte catedralicio», se adentran en el auténtico Registro Civil: «Una vertiginosa colmena de anaqueles, escaleras y archivadores se extendía en perspectiva florentina bajo una bóveda de arcos ojivales, y una tramoya de lámparas destilaba una luz polvorienta que pendía como una cortina raída». Pese a la desmoralización del policía, dos horas y media más tarde, «Luisa y sus dos ayudantes habían navegado por océanos de papel y completado la travesía para plantar frente a un Vargas que apenas se tenía en pie un pequeño islote de volúmenes. Este consideró la tarea y suspiró».

MONUMENTO DE COLÓN

En los aledaños del monumento de Colón, erigido con motivo de la Exposición Universal de 1888, deambula Daniel Sempere. Luego cruza hasta los muelles y se sienta en los peldaños que descienden hasta las aguas portuarias. Es de noche y Daniel percibe risas y música «flotando desde la procesión de luces y reflejos en la dársena del puerto». Recuerda cuando su padre le llevaba con las golondrinas hasta el rompeolas: «Desde allí podía verse la ladera del cementerio en la montaña de Montjuïc y la ciudad de los muertos, infinita». Hace tiempo que Daniel no navega en esas golondrinas... Su meditación será interrumpida por un individuo con la cara quemada: le pide *La Sombra del Viento* de Julián Carax... para quemarla. «Sin más, el extraño se dio la vuelta y partió hacia los muelles, una silueta evaporándose en la oscuridad envuelta en su risa de trapo.»

A ese embarcadero de las golondrinas volverá Daniel. Se sentará de nuevo «en los peldaños que se perdían en las aguas turbias, en el mismo lugar donde, una noche ya perdida muchos años atrás, había visto por primera vez a Laín Coubert, el hombre sin rostro». La estatua de Colón parece señalarnos con su dedo la oscura inmensidad del misterio.

Mi recuerdo del Raval es de infancia, el de una aldea huérfana y desheredada dentro del turbio abrazo ciudad-madre, un laberinto de callejones oscuros, húmedos, poblados de ruido, de secretos, de vida contra las cuerdas y de las costuras reventadas de aquello que los maestros de antes llamaban urbanidad. Dicen que, cuando la memoria de Barcelona se sintió acorralada por el pistolerismo de la modernidad y sus inevitables franquicias, quiso refugiarse en los viejos rincones del Raval, pero para cuando llamó a sus puertas ya era tarde y nadie le abrió porque no la reconocían.

CARLOS RUIZ ZAFÓN

RAVAL

VOCES SIN CIELO

JOYERÍA BAGUÉS (CALLE DEL CARMEN ESQUINA CON RAMBLA DE LAS FLORES, 37)

«Cuando llegamos a los límites del Raval, la niebla inundaba los callejones, teñida por las luces de tugurios y tascas harapientas. Habíamos dejado atrás el amigable bullicio de la Rambla y nos adentrábamos en el pozo más miserable de toda la ciudad. No había ni rastro de turistas o curiosos. Miradas furtivas nos seguían desde portales malolientes y ventanas cortadas sobre fachadas que se deshacían como arcilla. El eco de televisores y radios se elevaba entre los cañones de la pobreza, sin llegar jamás a rebasar los tejados. La voz del Raval nunca llega al cielo.»

Marina, Carlos Ruiz Zafón

1 El Ensueño del Raval (actual hotel Gaudí) (calle Nueva, 12).
2 Calle Marqués de Barberá.
3 Casa Leopoldo (calle San Rafael, 24).
4 Biblioteca de Cataluña (calle del Carmen, 47).
5 Casa Almirall (calle Joaquín Costa, 33).
6 La Paloma.
7 Plaza dels Àngels.
8 Calle Elisabets.
9 Calles Doctor Dou / Pintor Fortuny.
10 Almacenes El Indio (calle del Carmen, 24).
11 Iglesia de Belén y joyería Bagués.
12 Palau de la Virreina.
13 Calle Hospital.
14 Can Lluís.

Ronda Universitat
Ronda Sant Antoni
Carrer Pelai
Plaça Catalunya
Carrer Tallers
C. Joaquin Costa
C. Montalegre
C. Paloma
C. Ferlandina
Plaça dels Àngels
C. Guifré
C. Elisabets
La Rambla
C. Peu de la Creu
C. Dr. Dou
C. Pintor Fortuny
C. del Carme
C.M.A. Capmany
C. Portaferrissa
C. Floristes de la Rambla
C. Jerusalem
Carrer Hospital
Carrer Aurora
Carrer Sant Pacià
Rambla del Raval
C. Robador
C. Espalter
C. St. Josep Oriol
Carrer Ferran
C. Marqués de Barberà
C. Sant Ramon
C. Nou de la Rambla
Carrer Est
C. Guàrdia
C. Lancaster
Av. Drassanes
Avinguda del Paral·lel
La Rambla
Passeig de Colom
1
2
3
4
5
6
7
8
9
10
11
12
13
14

CHIMENEAS DEL PALACIO GÜELL EN EL BARRIO DEL RAVAL

El Raval designa el área enmarcada por la Rambla y la calle Pelayo, las rondas de San Antonio y San Pablo, el Paralelo y el puerto. Raval viene de *arrabal*, un *no man's land* extramuros donde los hospitales y los conventos convivían con los huertos, las masías aisladas y los encuentros fuera de la ley. Alrededor del monasterio románico de San Pablo del Campo, que da nombre a la calle, se levantaron instituciones de beneficencia como el hospital de la Santa Cruz, actual sede de la Biblioteca de Cataluña. En los últimos veinte años, el Raval ha sufrido una transformación urbanística radical y la vecindad autóctona ha sido sustituida por inmigración árabe o pakistaní, hasta identificarse popularmente como Rawal o Ravalkistán. Pese al intento de «esponjar» el barrio, con la apertura de la Rambla del Raval, la zona sigue padeciendo un déficit de higiene y una marginalidad que no se consigue erradicar.

EL ENSUEÑO DEL RAVAL

Denominado Distrito Quinto en la fría división administrativa y rebautizado como Barrio Chino en los años veinte por la literatura sicalíptica y el periodismo sensacionalista, el Raval arrastra consigo una prolija crónica de sucesos, donde el comercio carnal y las nocturnidades cabareteras se mezclan con los crímenes pasionales y las conspiraciones anarcosindicalistas.

En *El Juego del Ángel*, David Martín se adentra en la calle Nueva de la Rambla, conocida también por Conde del Asalto, en honor del capitán general que ordenó en el siglo XVIII la apertura de esta arteria, que va de la Rambla al Paralelo. A nuestra izquierda, los hierros forjados y el estilo inconfun-

BIBLIOTECA DE CATALUÑA (ANTIGUO HOSPITAL DE LA SANTA CRUZ)

dible de Gaudí: el palacio Güell, que construyó por encargo de su mecenas y que nuestro protagonista contempla como un edificio de aires funerarios.

David camina por «un corredor de faroles y carteles luminosos a través de las tinieblas del Raval. Cabarés, salones de baile y locales de difícil nomenclatura se daban de codazos en ambas aceras con casas especializadas en males de Venus, gomas y lavajes...». Frente al palacio, El Ensueño del Raval, carismático local de la noche barcelonesa: sexo, espectáculo y juego a disposición de una selecta clientela partidaria de las emociones fuertes. El Ensueño «ocupaba la planta superior de un edificio que albergaba en los bajos una sala de *music-hall* donde se anunciaba en grandes carteles la actuación de una bailarina enfundada en una diáfana y escueta toga que no hacía secretos de sus encantos mientras sostenía en brazos una serpiente negra, cuya lengua bífida parecía besar sus labios».

El palacio Güell sigue ahí, recién restaurado, atrayendo más turistas que nunca... Pero ¿dónde está El Ensueño? Enfrente. El paseante no lo va a ver porque en el número 12 se ubica el hotel Gaudí, pero justo en esa dirección tenía su vestíbulo una de las salas de fiesta con más leyendas y escándalos de Barcelona: el Eden Concert, lugar de perdición frecuentado por los cachorros de la burguesía con variedades, café-restaurante, sala de juego, números de prestidigitación, cupletistas procaces como la Bella Chelito y una febril actividad de señoritas de compañía con tarifa achampañada que extendió franquicias por todo el Barrio Chino.

David Martín visita ese establecimiento de moral dudosa y asiste a una lúgubre ceremonia sexual en una habitación «cubierta de tela negra desde el suelo hasta el techo». La estancia es idéntica a la que él había imaginado en su novela

PALACIO GÜELL

folletinesca *Los misterios de Barcelona*, que protagoniza la vampiresa Chloé. Tras una sesión que le sumerge en sueños hallará la tarjeta de visita impresa en pergamino blanco de Andreas Corelli. Sobresaltado, recogerá su ropa y saldrá de estampida del extraño local: «Salí al rellano y descendí por las escaleras de regreso al mundo [...]. Al salir a la calle me encaminé hacia la Rambla, dejando el bullicio y el gentío de los locales nocturnos a mi espalda».

Reurbanizado y «esponjado», el antiguo Distrito Quinto ha visto desaparecer muchas de las calles de eso que se dio en llamar «la mala vida» y que entusiasmó a los escritores franceses que venían a Barcelona a hacer turismo erótico y pergeñar relatos truculentos, como Pierre Mac Orlan, Francis Carco o Henry de Montherlant. En los años sesenta, André Pieyre de Mandiargues ofreció una de las mejores novelas sobre el Barrio Chino, *Al margen*, ambientada en 1964, cuando el franquismo celebraba los XXV Años de Paz. Una plaza en la esquina de Nueva de la Rambla y San Olegario, histórico epicentro de la Barcelona canalla, recuerda al escritor francés.

La apertura de la Rambla del Raval arrasó las calles de la prostitución como la legendaria Tapias. Quedan las placas, pero el ambiente solo se rememora en la literatura y la memoria de los viejos del lugar. Las andanzas de David Martín le llevan por esos «túneles de sombra punteados de faroles parpadeantes que apenas conseguían arañar la negrura». Sus pesquisas en torno a la cantante Irene Sabino le llevan a visitar la pensión Santa Lucía de la calle Marqués de Barberá. A pocos metros de Nueva de la Rambla, entre San Olegario y San Ramón —hoy, todavía calle de droga y prostitución lumpen—, Marqués de Barberá aparece jalonada por pensiones de baja estofa como la que visita el protagonista de *El Juego del Ángel*. La que habita Irene Sabino «languidecía en un sombrío edificio que parecía tejido con huesos desenterrados y lápidas robadas». David escudriña los oxidados buzones y sube al cuarto piso: «Una escalera por la que apenas cabía una persona ascendía en penumbra, el aliento de las alcantarillas filtrándose por los muros y comiéndose la pintura de las paredes como ácido». En otra estrecha y oscura calle, la de Cadena, tenía su guarida el inspector Javier Fumero, criatura criminal y perseguidor implacable de Julián Carax en *La Sombra del Viento*: «Vivía en un tenebroso piso [...] en compañía de numerosos insectos que almacenaba en frascos de botica y media docena de libros. Fumero aborrecía los libros tanto como adoraba a los insectos...».

Condenados por sus propietarios a la degradación para quitarse de encima a los inquilinos con alquileres bajos, muchos edificios del Raval han sido pasto de la piqueta. La muerte de los vecinos más ancianos, el *mobbing* inmobiliario y la ocupación ilegal hicieron el resto: en aquellos solares se levantan hoteles de alto standing y la llamada Illa Robadors, en el centro del «Barrio Chino de leyenda» que Gardel cantó en los años veinte y donde actualmente abre sus puertas la Filmoteca de Cataluña.

EL GRAN TEATRO REAL

Si el Eden Concert pudo inspirar El Ensueño del Raval, el Gran Teatro Real que Mijail Kolvenik construye en *Marina*, a mayor gloria de su esposa Eva Irinova, es una mezcolanza de monumentos modernistas y, tal vez, de los dos grandes teatros rivales de la Rambla: el Liceo y el Principal.

Escondido en un baúl, Óscar Drai viaja de Sarriá al Raval y se encuentra en un callejón oscuro y tan estrecho «que podía tocar ambos lados con sólo extender los brazos». Poco después accede a una calle más amplia y puede ver un edificio construido en 1888, el año de la Exposición Universal de Barcelona. Entre las tinieblas, el héroe de *Marina* distingue «columnas y una hilera de ventanillas decoradas con un intrincado diseño de hierro forjado. Taquillas». Un suntuoso edificio que nunca se llegó a estrenar, maridaje de los sueños barceloneses que no llegaron a hacerse realidad: «El teatro se alzaba ahora como una colosal catacumba en ruinas. Un hijo bastardo de la Ópera de París y el templo de la Sagrada Familia a la espera de ser demolido». Todo un símbolo de lo que ha ocurrido con muchos edificios de la Barcelona vieja.

BIBLIOTECA DEL CARMEN

Remontando la Rambla del Raval, con sus palmeras, su mestizaje cultural y las voces árabes y pakistaníes recortando el aire llegaremos hasta la calle del Carmen. La biblioteca pasó a ocupar en los años treinta el antiguo hospital de la Santa Cruz. Allí, bajo los pétreos arcos que cubren lo que fueron salas de enfermos y con unos años de antelación a la cronología histórica, David Martín pasa las horas «rodeado de tomos que olían a sepulcro papal, leyendo acerca de mitología e historias de las religiones hasta que mis ojos estuvieron a punto de caer sobre la mesa y salir rodando biblioteca abajo».

En ese recinto que fue hospicio medieval conoce a Eulalia, la eficiente bibliotecaria jefe, y la invita a almorzar al restaurante Casa Leopoldo, que acababa de inaugurarse en el año 29: degustarán un estofado de rabo de toro.

Institución gastronómica y literaria de la calle San Rafael, 24, Casa Leopoldo es un punto de encuentro en las novelas de Barcelona, como *Al margen* de Mandiargues, o las intrigas del detective Carvalho de Vázquez Montalbán. Durante décadas, llegar hasta sus comedores suponía atravesar un laberinto de sombras. Con la apertura de la Rambla del

Raval, el sol acaricia el sobrio vestíbulo de este local famoso por su *sèpia amb mandonguilles*, sus azulejos y sus carteles taurinos. En la esquina de San Rafael, una modesta placa de arcilla recuerda que en ese lugar fue asesinado el sindicalista Salvador Seguí, conocido como el Noi del Sucre. Fue en 1921, año culminante del pistolerismo que desangraba la ciudad, los tiempos de la «Rosa de Fuego» anarquista en que vive David Martín.

En la gótica biblioteca, Daniel Sempere va en busca del profesor Alburquerque, «sabio local, profesor de la Facultad de Letras y fino crítico y articulista» con el que se ha citado. Lo encuentra en la sala principal de lectura. «Concentrado pluma en mano», el profesor tarda casi un minuto en reparar en su presencia. A Alburquerque le apasionan los escritores malditos como Julián Carax, cuya oscura biografía está recomponiendo: «¿Sabía usted que durante años un personaje diabólico se dedicó a recorrer el mundo buscando los libros de Carax para quemarlos?», pregunta a Daniel. El librero anima a Alburquerque a componer «una historia secreta de Barcelona a través de sus escritores malditos y prohibidos en la versión oficial». Tras el fértil intercambio de ideas, ambos salen del recinto de la biblioteca por la puerta de la calle Hospital para proseguir sus pesquisas en una de las mesas de Casa Leopoldo, bien acompañados con jamón ibérico y vino tinto.

En *El Laberinto de los Espíritus* encontramos a Alicia y Vargas también en Casa Leopoldo: «Confundiendo el buen humor con el apetito, Alicia encaró el menú de Casa Leopoldo con impronta de cosaco y pidió por los dos, y por dos más. Vargas la dejó hacer sin rechistar y cuando el desfile de ricas viandas empezó a fluir sin cesar y Alicia a duras penas pudo hacerle frente, el veterano policía se limitó a negar por lo bajo mientras daba buena cuenta de su ración y de unas cuantas más».

La glotonería le produce a Vargas «un ligero hipo que intentaba domar resoplando y golpeándose el pecho con los nudillos». Al salir de Casa Leopoldo la pareja se adentra en los laberintos del Barrio Chino: «Una retícula de callejas pobladas de tugurios, prostíbulos y un arsenal de bazares donde toda suerte de mercachifles ofertaban artículos bajo el radar de la legalidad los recibió en todo su tenebroso esplendor».

CALLE JOAQUÍN COSTA

Desde la calle del Carmen enfilamos la de Joaquín Costa. Conocida en otro tiempo como calle Poniente, menudearon en ella los *meublés* y las pensiones baratas, aunque también encontramos el teatro Goya, donde actuó Carlos Gardel y Margarita Xirgu representó la *Mariana Pineda* de Federico García Lorca.

En la memoria oral de los más viejos del vecindario, episodios truculentos como el de Enriqueta Martí, conocida también como la Mala Dona y la Vampira del Raval. Enriqueta, que vivía en el número 29, secuestró, torturó y mató a la pequeña Teresita Guinart, hija de unos obreros, mientras jugaba en la calle San Vicente, cerca del baile La Paloma. En la *Guía secreta de Barcelona*, Josep M. Carandell evoca aquel caso propagado en su tiempo por el folletinista Núñez de Prado en *La secuestradora de niños. Una vida de crímenes*. La Vampira del Raval se dedicaba al tráfico de menores, que entregaba a degenerados bien provistos de dinero: «Detenida por un guardia municipal —explica Carandell—, Enriqueta pasó a los calabozos del juzgado entre la ira de la gente que

CALLE JOAQUÍN COSTA

quería lincharla. El horror alcanzaría su punto culminante al descubrirse, en el registro domiciliario, varios trajes de lujo y pelucas de mujer, ropa de seda para niña y tres trajes de niños, uno de ellos con manchas de sangre...».

En la calle Joaquín Costa abrieron locales con solera como la granja Gavà, donde nació el escritor Terenci Moix, o la decimonónica Casa Almirall del número 33. En esta taberna de 1860 con añejas puertas de madera y verdoso rótulo modernista se sienta don Basilio, jefe de David Martín en *La Voz de la Industria*; mantiene cuenta y tertulia literaria: «Allí, a golpes de absenta y habanos caribeños», el maestro de periodistas le habla a su pupilo de una novela «que nunca se acababa, de sus planes para retirarse de su vida de retirado y de sus amoríos y conquistas; cuanto mayor se hacía él, más jóvenes y núbiles eran ellas».

En *La Sombra del Viento*, el padre de Daniel Sempere busca una pensión a Fermín Romero de Torres, mendigo reciclado en culto «asesor bibliográfico» de la librería de la calle Santa Ana: «La pensión estaba en el segundo piso, y la escalera era una espiral de mugre que apenas se adivinaba al reluz ocre de bombillas desnudas y cansadas que pendían de un cable pelado». Una noche, la transición de Fermín de mendigo a ciudadano ejemplar manifiesta ciertos problemas de adaptación psicológica en forma de ataque violento y requiere asistencia médica. Ante la llamada desesperada de la dueña de la pensión, Daniel y su padre se van pitando a Joaquín Costa: «Pasamos corriendo frente a la Casa de la Misericordia y la Casa de la Piedad, desoyendo miradas y susurros que silbaban desde portales oscuros que olían a estiércol y carbón. Llegamos a la esquina de la calle Ferlandina. Joaquín Costa caía como una brecha de colmenas ennegrecidas fundiéndose en las tinieblas del Raval». Daniel va en busca del doctor Baró —galeno aficionado a Zola y a las señoritas ligeras de ropa—, que tiene consulta en la calle Riera Alta, 12.

LA PALOMA

Por otra de las travesías de Joaquín Costa accedemos a la minúscula calle del Tigre, en cuyo número 27 se encuentra La Paloma. Fundada en 1903 en el local de una antigua fundición con el nombre de la calle, vecina de otras dos con apelativo zoológico (el León y el Tigre), se convertirá en uno de los más destacados coliseos del baile en Barcelona. Cuatro años después pasó a ser propiedad de Ramón Daura, que la rebautizó como La Camelia Blanca, y en 1908 pasó a llamarse Salón Venus Sport, territorio de la noche barcelonesa más canalla. Como el local había ganado mala fama, su propietario reforzó la plantilla con camareros tan diligentes como capaces de poner orden y acabar con las reyertas que ahuyentaban a la clientela. Procedió, además, a una rehabilitación, que culminó en 1919 con lo que el cronista barcelonés Lluís Permanyer describe como «una particular versión del Salón de los Espejos de Versalles». Tras la guerra civil, y rebautizada una vez más como Salón Venus Deporte, La Paloma recuperó su nombre de origen y alcanzó su cénit al ser descubierta por los jóvenes en los años de la transición democrática.

Reconvertida en discoteca en los noventa y clausurada por problemas de decibelios y controversias con la vecindad, La Paloma ha vuelto a abrir con todo su esplendor. En su amplia pista, con techos artesonados de los que penden majestuosas lámparas doradas, celebra Fermín en 1958 su despedida de soltero, una fiesta que patrocina don Gustavo Barceló y organiza la Rociíto. Barceló deambula entre la veintena de invitados «repartiendo puros y unas estampitas conmemorativas que había hecho imprimir en un taller especializado en recordatorios de comuniones, bautizos y entierros».

Rociíto, la joven prostituta de buen corazón que sacó del atolladero a Fermín, «sostenía una copa de champán en las manos y observaba la fiesta que ella había organizado con aire de melancolía». Cuando la orquesta deja de tocar, Fermín se acerca a esa hada protectora del Barrio Chino que es la Rociíto y la coge de la mano: «Los faroles de La Paloma se extinguieron lentamente y entre las sombras emergió el haz de un foco que dibujó un círculo de luz vaporosa a los pies de la pareja. [...] Mirándose a los ojos, lejos del mundo, los amantes de aquella Barcelona que nunca volvería bailaron agarrados por última vez».

PLAZA DELS ÀNGELS

Por la calle Ferlandina vamos a parar a la plaza dels Àngels, una de las más transformadas de Barcelona, a raíz de la construcción del Museo de Arte Contemporáneo (MACBA). Frecuentada por incansables *skaters* y jóvenes magrebíes que juegan al fútbol, la plaza conserva el convento que le da nombre y que alberga el Fomento de las Artes y del Diseño (FAD), el templo de ese diseño del que tanto presume la ciudad.

Las fotos antiguas revelan cómo era aquella plaza cuando transcurre *El Juego del Ángel*. En el terreno ocupado hoy por la blanca mole del MACBA se enclavaban la Casa de Niños Huérfanos del siglo XVI, una fuente y la calle Montalegre, sede del Centro de Cultura Contemporánea de Barcelona (CCCB).

PLAZA DELS ÀNGELS

En la plaza dels Àngels trabajan José Barrido y José Luis López Escobillas, los roñosos regentes de la editorial que publica los folletines de David Martín. Enclavada en un número 6, hoy inexistente, la editorial arde y, tras el incendio, asoma la mano de Andreas Corelli. Cuando Martín llega al lugar del suceso observa «un grupo de chiquillos que estaban hurgando entre las pilas de escombros», entre los que se encuentra, ennegrecido por las llamas, un ejemplar de *La Ciudad de los Malditos*. En ese momento conocerá al inspector Víctor Grandes, que le lleva a un pequeño bar en la esquina de las calles Doctor Dou y Pintor Fortuny para interrogarle.

Vamos por partes. En la plaza dels Àngels comienza la calle Elisabets, todo un microclima para la evocación de los siglos. La herboristería Llansà, el claustro de la Casa de la Misericordia, con su buzón para «limosnas ocultas», y la iglesia que ocupa la librería La Central del Raval son suficientemente evocadoras para imaginar que en uno de esos pisos pudo reunirse en 1903 la Asociación Espiritista El Porvenir, donde Irene Sabino conoció al abogado Diego Marlasca. Por Elisabets, ahora sí, accedemos a la calle Doctor Dou, y en su primera travesía nos encontramos con dos establecimientos que bien podrían enmarcar el encuentro de Martín y Grandes: L'Antic Forn y el restaurante Flor de Maig.

ALMACENES EL INDIO

Si seguimos en línea recta por la calle Doctor Dou nos encontraremos de nuevo en la calle del Carmen, a pocos metros de la Rambla. En los almacenes de telas para el hogar El Indio del número 24 trabaja la madre de David Martín, una bella mujer que un día abandonó a la familia. «La fachada barroca y exuberante», con rostros tallados de indígenas colombinos, hace creer al paseante «que se trataba de un gran bazar de prodigios y maravillas insospechados más que de una tienda de paños y telas». Su padre le lleva a la puerta del comercio y le muestra a una mujer «joven y risueña que atendía a los clientes y les mostraba paños y tejidos de lujo». Aquella imagen obsesionará a David: «Durante años habría de regresar hasta las puertas de aquel bazar para espiarla en secreto. Nunca tuve el valor de entrar ni de dirigirme a ella cuando la veía salir y alejarse Rambla abajo rumbo a una vida que había imaginado para ella, con una familia que la hacía feliz y un hijo que merecía su afecto y el contacto de su piel más que yo». Sin que lo llegue a saber su padre, David seguirá de cerca a esa mujer cuando ella sale del trabajo, «siempre a punto de tomar su mano y caminar a su lado, siempre huyendo en el último momento».

Años después, David volverá a espiar a su madre y vivirá situaciones de tonos dickensianos. Al final, se atreve a entrar en la tienda: «Las paredes estaban cubiertas de estantes repletos de grandes bobinas con todo tipo de tejidos y, sobre las mesas, los vendedores, armados de cintas métricas y de unas tijeras especiales anudadas al cinto, mostraban a damas de alcurnia escoltadas por sus criadas y costureras los preciados tejidos como si se tratase de materiales preciosos». Los almacenes conservaron su mobiliario de origen y ese microclima que describe nuestro personaje hasta el cierre que los condenó al olvido.

David no puede soportar la emoción de ver a su madre y sale al otro lado de la calle. Luego la ve salir hacia la Rambla y detenerse en la iglesia de Belén. Frente al templo donde el poeta Verdaguer oficiaba en sus últimos años misas de difuntos, refulgían los escaparates de la joyería Bagués con sus diseños de Masriera y la báscula en la que la gente se pesaba gratis. Sometida a la fuerza del sino barcelonesa —«Oh tempora, oh mores!»—, la Bagués que edificó el arquitecto Fontseré en 1850 se ha reconvertido también en hotel.

David llama a un chaval, le da una moneda y le encarga que entregue un paquete con su libro a esa desconocida que es su madre. Cuando ella lo recibe, abre el paquete, pero al pasar frente al Palau de la Virreina lo acaba tirando a la papelera: «La vi partir Rambla abajo hasta que se perdió en la multitud, como si nunca hubiese estado allí». Del Raval a la Rambla: sumergidos, otra vez, en el torrente de vidas.

PALACIO DE LA VIRREINA

De nuevo en la Rambla, atrae nuestra mirada un palacio de orígenes coloniales y denominación aristocrática en femenino: la Virreina. El edificio lo mandó construir en 1772 don Manuel Amat Junyent, marqués de Castellbell, virrey del Perú y antepasado del escritor José Luis de Vilallonga. Después de *hacer las Américas*, el marqués retornaba a su ciudad inmensamente rico y tras haber vivido el amor de su vida con una actriz conocida como la Perrichola. Ya en edad avanzada, Amat quiso emparentar a su sobrino con una noble dama de la familia Fivaller que consumía su juventud recluida en un convento de la calle de Junqueras. El sobrino no se presentó a la boda y Amat, que era todo un donjuán, aunque ya entrado en años, se insinuó a la novia: «Señora: si yo no fuese tan viejo os pediría la mano». «Más viejas son las paredes y cercas del convento, y las soporto a gusto», susurró la Fivaller con gesto compungido. «Entonces, ¿os queréis casar conmigo?», insistió el virrey con ojos brillantes. «¿Y por qué no?», respondió una sonriente Fivaller.

El regalo fue el palacio. Lo construyó el arquitecto y escultor Carles Grau con estilo barroco e interiores rococó. Como el virrey murió al poco tiempo, el edificio quedó relacionado para siempre con su viuda: palacio de la Virreina. Con una historia como esta, no es extraño que en la fachada de la Virreina instalaran sus casetas los escribientes, amanuenses o *memorialistas* dedicados a escribir las cartas de amor que los soldados enviaban a las criadas, y viceversa, en aquellos tiempos de precaria alfabetización. Entre ellos destaca el maestro Oswaldo Darío de Mortensen, al que Daniel conoce en *El Prisionero del Cielo*. «Se había asomado por la garita como si se tratase de un sacerdote confesor y me miraba con ansias de ofrecerme sus servicios.» Literato y pensador de puño y letra —publicó en 1933 la novela *Los jinetes del crepúsculo*, wéstern ambientado en las tierras del Ebro—, don Oswaldo domina la retórica de las misivas románticas, peticiones de mano, testamentos, poemas, invictas, felicitaciones, ruegos, esquelas, himnos, tesinas, súplicas, instancias y poemas de todos los estilos y métricas, que cobra a diez céntimos la frase. De lunes a sábado y de ocho a ocho, don Oswaldo es un «soldado de la palabra» que sirve a la «causa epistolar». Entre sus alumnos más aventajados, Luisito, que sienta cátedra junto a la Casa Beethoven de instrumentos musicales. No será la única vez que Daniel rinda visita a don Oswaldo, al que no duda en calificar, por su pericia caligráfica, de «príncipe de los escribientes barceloneses».

CALLE HOSPITAL

Dejamos a don Oswaldo en la Virreina y proseguimos la andadura, sin perder la acera derecha en sentido descendente, hasta toparnos con el multicolor mercado de la Boquería. En *El Prisionero del Cielo*, Daniel Sempere sigue los pasos del cliente misterioso y renqueante que dedicó *El conde de Montecristo* a Fermín. En medio de la multitud hipnotizada por los bien provistos puestos de frutas tropicales, viandas y pescados observa que el sujeto se detiene en la barra del bar Pinocho, una de las citas imprescindibles en la Barcelona gastronómica: «Por espacio de media hora el extraño intentó dar cuenta de las delicias que le iba sirviendo el benjamín de la casa, Juanito, pero tuve la impresión de que su salud no le permitía grandes alardes y que más que nada comía por los ojos...».

La persecución proseguirá por una calle Hospital que en los años cincuenta rebosa de prostitución, desde que la Sexta Flota americana atraca en los muelles de Barcelona. Los marineros de blanco remontan la Rambla en busca de sexo venal: «Vista la demanda, la oferta ya se había incorporado a la esquina en forma de un turno de damas de alquiler con aspecto de llevar un sustancial kilometraje encima y de ofrecer una bajada de bandera de lo más asequible». Tras rechazar la invitación de una ramera, el extraño desaparecerá en el portal angosto y oscuro de una fonda que, en realidad, es un *meublé* o casa de citas. Daniel cruza el umbral, donde se encuentra «una escalera sombría que se perdía en las entrañas de aquel edificio que parecía escorado a babor y, teniendo en cuenta el hedor a humedad y sus dificultades con el alcantarillado, en un tris de hundirse en las catacumbas del Raval».

CAN LLUÍS

Cumplida la pesquisa, acompañamos a Daniel por la calle Hospital. Traspasada la rotonda de la Rambla del Raval, la vía se bifurca en dos estrechas arterias. Tomando la de la izquierda nos plantamos en el restaurante Can Lluís, en el número 49 de la calle de la Cera, esquina con Amalia. Daniel se ha citado allí para comer con Fermín: «Enmarcado bajo una apariencia modesta y con cierto aire farandulero impregnado de los misterios de Barcelona, Can Lluís ofrecía una cocina exquisita, un servicio de libro de texto y una lista de precios que incluso Fermín y yo nos podíamos costear». Fundado, como Casa Leopoldo, en 1929, el año de la Exposición de Barcelona y el crac de la bolsa neoyorquina, Can Lluís superó los turbulentos años de la República, la guerra civil y la posguerra del racionamiento. Sobrevivió incluso a una bomba, que dejó rastro en su comedor. En la más pura tradición de la *casa de menjars* catalana, la familia propietaria conjuga el recetario de su tierra natal, Alcoi, con la cocina barcelonesa. Regentado por Ferran y su esposa Júlia, Can Lluís fue lugar de encuentro de gentes de la música —en especial, de la rumba catalana—, el cine, el teatro y la literatura. Entre los carteles publicitarios años veinte, las caricaturas y las fotografías dedicadas que adornan sus paredes, un fragmento grabado en azulejos de una de las novelas de Manuel Vázquez Montalbán que alude a un plato histórico de la casa: la *olleta d'Alcoi*. La pandemia del coronavirus y el *mobbing* inmobiliario clausuraron el restaurante nonagenario. Can Lluís es uno de los feudos del profesor Alburquerque. En *El Prisionero del Cielo*, Daniel y Fermín intercambian revelaciones entre flanes con guindas y cafés.

Si en *El Prisionero del Cielo* Fermín reveló a Daniel cómo consiguió escapar del castillo de Montjuïc, en *El Laberinto de los Espíritus* descubre esa maravilla del Raval coquinario a Alicia y Vargas: «La mera mención de su restaurante predilecto en todo el universo conocido y refugio espiritual en momentos de zozobra devolvió el tono vital a Fermín...».

La comitiva sale pitando de Vallvidrera rumbo a la calle de la Cera: «Fermín desembarcó del taxi como un náufrago hambriento al ganar la costa tras semanas aferrado a un madero. El dueño de Can Lluís, viejo amigo de Fermín, lo recibió con un abrazo y saludó calurosamente a Daniel». Instalados en la acogedora mesa del rincón del comedor observan con deleite al camarero, que dispone unos cuantos platillos y una cestita de pan: «Fermín y Vargas atacaron sin remilgos la ofrenda mientras Alicia saboreaba su copa de vino blanco...». Fermín llama la atención del policía sobre uno de los mejores platos de la casa: «Pruebe mi capitán esta ración de fricandó, que va a salir de aquí cantando el *Virolai*».

Muchos años antes de que nadie emplease la expresión «parque temático» en relación con la ciudad, Barcelona inventó de las cenizas de su pasado y de las esperanzas de un presente con puntos suspensivos un distrito medieval que tenía tanto de memoria como de fantasía. Ni las hordas de ávidos visitantes que lo patrullan hoy en día, ni los músicos ambulantes o las *boutiques* de última hora han conseguido anular su embrujo. Aún hoy es posible perderse en sus calles y dejarse llevar por ese vicio del creer. De murallas romanas a palacios medievales, pasando por puentes de cartón piedra y catedrales que desplazan los últimos remiendos del gótico al romanticismo del siglo XIX, el Barrio Gótico es un acto de prestidigitación tan soberbio que incluso ha conseguido seducir a los lugareños y persuadirlos de que en el difícil arte del urbanismo, como en el amor y en la guerra, casi todo está permitido.

CARLOS RUIZ ZAFÓN

BARRIO GÓTICO

EL LABERINTO DE LOS ESPÍRITUS

UNA *CARASSA* EN LA CALLE MIRALLERS

«Cuando se internó en el Barrio Gótico, yo fui detrás. Pronto, su silueta se perdió bajo puentes tendidos entre palacios. Arcos imposibles proyectaban sombras danzantes sobre los muros. Habíamos llegado a la Barcelona encantada, el laberinto de los espíritus, donde las calles tenían nombre de leyenda y los duendes del tiempo caminaban a nuestras espaldas.»

Marina, Carlos Ruiz Zafón

1 Catedral.
2 Calle del Bisbe.
3 Plaza San Felipe Neri.
4 Calle de la Palla
(librería Batlle).

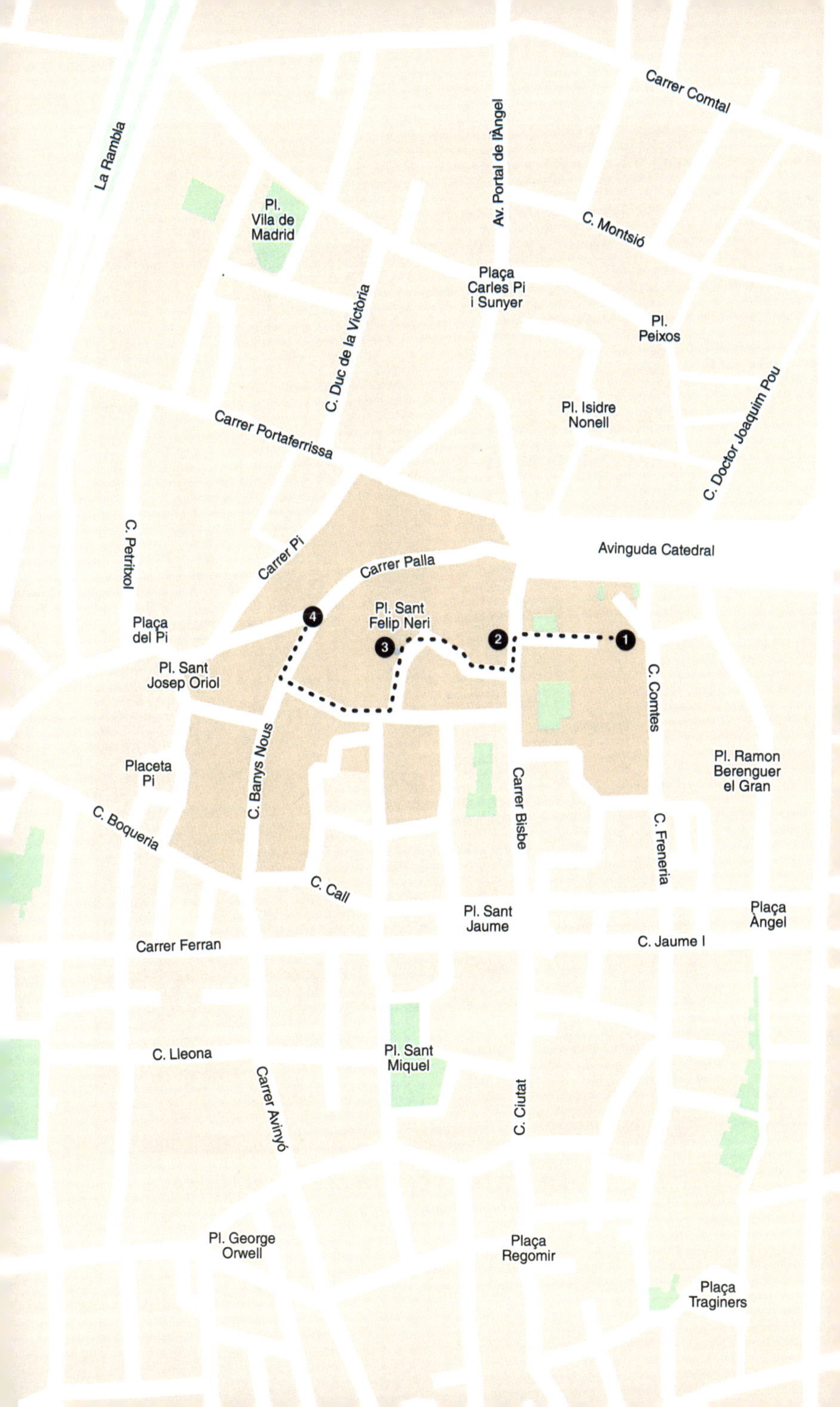

La Rambla
Carrer Comtal
Pl. Vila de Madrid
Av. Portal de l'Àngel
C. Montsió
Plaça Carles Pi i Sunyer
C. Duc de la Victòria
Pl. Peixos
Pl. Isidre Nonell
C. Doctor Joaquim Pou
Carrer Portaferrissa
C. Petritxol
Carrer Pi
Avinguda Catedral
Carrer Palla
Plaça del Pi
4
Pl. Sant Felip Neri
3
2
1
Pl. Sant Josep Oriol
C. Comtes
C. Banys Nous
Placeta Pi
Pl. Ramon Berenguer el Gran
Carrer Bisbe
C. Boqueria
C. Freneria
C. Call
Pl. Sant Jaume
Plaça Àngel
Carrer Ferran
C. Jaume I
C. Lleona
Pl. Sant Miquel
Carrer Avinyó
C. Ciutat
Pl. George Orwell
Plaça Regomir
Plaça Traginers

ESCALINATA DE LA CATEDRAL DE BARCELONA

El núcleo primigenio de la ciudad romana se congrega en el Barrio Gótico, en el otro margen de la Rambla. Encontramos restos de murallas romanas en la avenida de la Catedral y la plaza Nueva, las calles Tapineria y Viladecols, la de la Palla y la del Subteniente Navarro. Centro administrativo de la Ciudad Condal del medioevo, el Barrio Gótico reúne construcciones notables, como la Casa de l'Ardiaca, el actual Museo Marès, la plaza del Rey y el Salón del Tinell, la Generalitat y la Casa de la Ciutat en la plaza de San Jaime, la iglesia de Sant Just, la dels Canonges, el palacio de Requesens o la recoleta plaza de San Felipe Neri.

LA CATEDRAL

Por las escaleras de la catedral ascienden las ilusiones. En esos peldaños de piedra desgastada por los siglos, Antoni Fortuny, el sombrerero y padre del autor de *La Sombra del Viento*, conoce a Sophie Carax. Rumores de conversación en la catedral. Fortuny ya rebasó la treintena; es un solterón que acaba de ponerle velas a san Eustaquio para que obre un milagro de amor y le dé una esposa. Debía de ser un santo milagrero, san Eustaquio, porque la candidata apareció justo en la catedral. La francesa Sophie era «frágil, bella, joven, dócil y fértil», y además, una excelsa profesora de solfeo. Hubo, pues, milagro, cuatro meses de cortejo y matrimonio en la iglesia del Pino. Seis meses después, Sophie le dijo que estaba embarazada... de otro hombre. El niño se llamará Julián... Julián Carax.

En *Marina*, la catedral es también el templo del matrimonio. El conspicuo empresario Mijail Kolvenik, propietario de la fábrica Velo-Granell y de una mansión en el parque

Güell, se casa con la cantante Eva Irinova. Construirá para ella un monumental teatro en el Raval. Es el 24 de junio de 1935 y la pompa ceremonial recuerda la coronación de Alfonso XIII: «Las multitudes acaparaban cada rincón de la avenida de la catedral, ansiosas por embeberse del fasto y la grandeza del espectáculo».

En las escalinatas del templo, la orquesta del Liceo interpreta la marcha nupcial de Wagner, mientras los novios descienden hasta un lujoso carruaje de caballos blancos... Pero la crónica de las bodas reales reúne episodios luctuosos. Un individuo supera el cordón de seguridad y se abalanza contra los novios entre los gritos de la muchedumbre. Es Sergei Glazunow, representante de Eva Irinova a quien Kolvenik podría haber intentado eliminar a tiros cuando salía de un portal de la calle San Pablo. Con los ojos inyectados en sangre, Glazunow lanza el contenido de un frasco de vidrio al rostro de Eva Irinova. «El ácido quemó el velo como una cortina de vapor. Un aullido quebró el cielo. La multitud estalló en una horda de confusión y, en un instante, el asaltante se perdió entre el gentío.»

Arrodillado y doliente, Kolvenik observa cómo las facciones de su novia «se deshacían bajo el ácido como una acuarela fresca en el agua. La piel humeante se retiró en un pergamino ardiente y el hedor a carne quemada inundó el aire. El ácido no había alcanzado los ojos de la joven. En ellos podía leerse el horror y la agonía». Cuando Kolvenik palpa la faz de su esposa, «sólo consiguió llevarse pedazos de carne muerta mientras el ácido devoraba sus guantes». Eva ha perdido el conocimiento: «Su cara no era más que una grotesca máscara de hueso y carne viva».

Las campanas de la catedral marcan las horas del suspen-

LA GÓTICA CALLE DEL BISBE

ALCANTARILLADO DE BARCELONA

se en una noche lluviosa. Óscar Drai sigue la pista de Claret: Rambla, calle Fernando, pórticos de la plaza Real... Claret se interna en el Barrio Gótico y se pierde por la calle del Bisbe, «bajo puentes tendidos entre palacios».

Los arcos góticos proyectan «sombras danzantes sobre los muros». Una Barcelona encantada, «el laberinto de los espíritus, donde las calles tenían nombre de leyenda y los duendes del tiempo caminaban a nuestras espaldas». Óscar da con el rastro de Claret en una tienda de máscaras de papel maché que marca la esquina de una calle oculta tras la catedral. Aguarda en el escaparate y siente «la mirada vacía de los rostros de papel».

A una veintena de metros, Claret forcejea con una tapa de metal que ha de franquearle el descenso a las alcantarillas. Óscar le sigue y se detiene en el agujero: puede ver un rayo de luz y oír la resonancia metálica de unos pasos descendiendo por la escalerilla. Sin perder un instante, se dirige a una bodega maloliente para telefonear al inspector Florián. Cuando las campanas de la catedral tocan las cuatro de la madrugada, en lugar del inspector aparece María, la hija del doctor Shelley, que salta al interior del túnel. Óscar se introduce también en el colector, entre hedores y chillidos de ratas. Escucha «el eco infinito del laberinto de túneles bajo la ciudad» y, a la luz precaria de una cerilla, una mugrienta inscripción le informa de su situación: «SGAB / 1881. Colector sector IV / Nivel 2 - Tramo 66».

Un muro caído al otro lado del túnel desvela la estratigrafía urbana a nuestro joven inspector de alcantarillas: «Contemplé los cadáveres de viejas Barcelonas sobre las que se erguía la nueva ciudad». Óscar grita el nombre de María y su voz deviene «un eco espectral cuyo efecto me heló la sangre». Las náuseas le obligan a cerrar la boca, mientras observa «decenas de diminutos puntos rojos que se movían como insectos sobre un estanque». Es el reino de las ratas que chapotean en las aguas fecales. Esa red de colectores conduce hasta el antiguo mercado del Borne, donde se encuentra la fábrica Velo-Granell. El mezquino abogado que protagoniza «Leyenda de Navidad», relato de *La Ciudad de Vapor*, reside con una siniestra criada en un torreón del Barrio Gótico: «Basílicas y palacios entrelazados en un laberinto de callejones y túneles atrapados bajo una bruma perpetua de la cual sobresalía una gran torre de ángulos catedralicios, aguja gótica, de gárgolas y rosetones en cuyo último piso residía el hombre más rico de la ciudad, el abogado Eveli Escrutx».

El Barrio Gótico a medianoche. Un buen cicerone nos permite reconstruir una Barcelona sonámbula de misterios y espíritus agazapados en rincones de piedra como hace Mijail con el joven Óscar Drai en *Marina*: «Sabía quién había vivido en cada edificio, qué crímenes o romances habían tenido lugar tras cada muro y cada ventana. Conocía los nombres de todos los arquitectos, los artesanos y los mil nombres invisibles que habían construido aquel escenario».

Por la calle del Bisbe vemos a Alicia Gris, la protagonista de *El Laberinto de los Espíritus*. Se sitúa tras un grupo de turistas boquiabiertos ante el puente gótico que diseñó Jordi Rubió i Bellver en 1928 y que glosa un guía «en un extraño vernáculo que tenía tantos puntos en común con el inglés como el canto de los murciélagos». Alicia se une a la comitiva «para dejarse envolver como ellos por el encanto de aquella ciudadela de porte medieval, buena parte de cuya escenografía tenía apenas diez años más que ella. ¡Qué piadosa era la ilusión y qué cálido el abrazo de la ignorancia!». Un fotógrafo provisto de una Hasselblad inmortaliza la escena e invita a Alicia a mirar por el objetivo de la cámara. El fotógrafo, «de aspecto severo y mirada sagaz parapetada tras unas enormes gafas cuadradas que le conferían cierto aire a galápago sabio y paciente», le tiende una tarjeta: Francesc Català-Roca. Una de sus fotografías —aquel niño de la mano del padre— ilustra la portada de *La Sombra del Viento*.

SAN FELIPE NERI

En la parte lateral de la catedral, un músico toca el violoncelo; en la plaza Garriga Bachs, a la derecha del monumento a los héroes de la resistencia contra Napoleón, un callejón da paso a una melancólica plaza. Llama la atención la iglesia de muros maltratados por las bombas y ametralladoras de la guerra civil, que prácticamente destruyó la plaza. Una extraña combinación de sosiego y tristeza nos invade; es muy parecida, seguramente, a la que experimentó en su día Daniel Sempere: «La plaza de San Felipe Neri es apenas un respiradero en el laberinto de calles que traman el Barrio Gótico, oculta tras las antiguas murallas romanas». Por las tardes, el rumor de las palomas y los gritos de los niños resuenan en la plaza, mientras los *homeless* se reúnen en torno a la fuente, que, en realidad, es un elemento añadido: se instaló en 1962 con una escultura de san Severo, que desapareció misteriosa-

PLAZA DE SAN FELIPE NERI

mente. El mismo destino corrió su sustituta, la silueta de un estudiante, robada en 1970. La fuente, por suerte, sigue ahí, completando la plaza de *La Sombra del Viento*.

En San Felipe Neri no hay prácticamente edificios particulares. La iglesia, el Museo del Calzado y solo una casa de vecinos en el número 1. En las dos esquinas que comunican la plaza con la calle del mismo nombre encontraremos un hotel de diseño, la fábrica de jabones Sabater Hermanos y otro inmueble que luce también el número 1.

Pero la novela nos permite creer que en uno de esos dos edificios, «en el umbral de la plaza», vivió Nuria Monfort, la mujer que sabía todos los secretos de Julián Carax. La casa, con un «arco de piedra ennegrecida» sobre el portal, data de 1801 y un buzón de latón informa de los vecinos del tercero segunda: Miquel Moliner / Nuria Monfort.

Daniel Sempere va en su busca para desvelar enigmas de *La Sombra del Viento*. «Ascendí lentamente, casi temiendo que la finca se derribaría si me atrevía a pisar firme sobre aquellos peldaños diminutos, de casa de muñecas. [...] La escalera olía a humedad, a piedra envejecida y a arcilla.» Al poco, llega Nuria Monfort: pasa las horas leyendo en los bancos de la plaza porque en su piso apenas hay luz: «Vivía en sombras. Un angosto pasillo conducía a un comedor que hacía las veces de cocina, biblioteca y oficina. De camino pude entrever un dormitorio modesto, sin ventanas. Aquello era todo. El resto de la vivienda se reducía a un baño minúsculo, sin ducha ni pica, por el que penetraban toda suerte de aromas, desde los olores de las cocinas del bar de abajo al aliento de cañerías y tuberías que rondaban el siglo. Aquella casa yacía en perpetua penumbra, un balcón de oscuridades sostenido entre muros despintados». En la esquina más próxima al balcón, Nuria tenía su escritorio con una vieja máquina Underwood, un quinqué y una estantería sobrecargada de diccionarios y manuales.

A la muerte de Nuria, Daniel volverá a la plaza de San Felipe Neri; se diría que espera encontrarla sentada en el banco donde la vio por primera vez. Pero el banco «yacía a los pies de una farola, vacío y tatuado a cortaplumas con nombres de enamorados, insultos y promesas».

CALLE DE LA PALLA

En este Barrio Gótico de confidencias umbrías transcurre la novela por entregas *Los misterios de Barcelona*, que David Martín escribe en *El Juego del Ángel*. Todo un homenaje al folletín *Los misterios de París* del francés Eugène Sue, un *longseller* con secuelas en todos los países europeos, como la del barcelonés Antonio Altadill, autor de *Barcelona y sus misterios*. Al igual que *Judex* y *Los vampiros*, la serie cinematográfica de Louis Feuillade, Martín crea la heroína Chloé Permanyer, «princesa oscura de todas las vampiresas». Erótico cuerpo de corsetería fina, Chloé era la amante del enigmático Baltasar Morel, «cerebro del inframundo que vivía en una mansión subterránea poblada de autómatas y macabras reliquias cuya entrada secreta estaba en los túneles sepultados bajo las catacumbas del Barrio Gótico». Para acabar con sus víctimas, Chloé danzaba de forma hipnótica y se desnudaba para luego besar a su espectador con un pintalabios envenenado. Ella salía siempre indemne de aquel macabro ritual, porque «previamente se bebía un antídoto disuelto en Dom Pérignon de fina reserva». Un *grand guignol* que «mestizaba sin rubor desde Dumas hasta Stoker pasando por Sue y Féval».

LIBRERÍA BATLLE EN LA CALLE DE LA PALLA

Volvemos a la plaza de la Catedral y nos adentramos en la calle de la Palla, una de las predilectas de los personajes de Ruiz Zafón. A la sombra de la muralla romana se ubican anticuarios, galeristas de arte como Artur Ramon y librerías de viejo como la Batlle, con sus grabados decimonónicos y sus mapas de otro tiempo. En *El Juego del Ángel*, David Martín recordará que un sábado su padre quiso comprarle un libro y acudió a uno de aquellos establecimientos, «pero como no podía leer los títulos en el lomo de los cientos de libros expuestos, salió con las manos vacías». Quedan pocos libreros de viejo en la nostálgica calle de la Palla, pero el gremio se reúne los días laborables en el mercado al aire libre de la plaza Nueva.

En *El Laberinto de los Espíritus* Alicia Gris toma la calle de la Palla rumbo a la calle Aviñón, donde vive: «Siempre había preferido las calles que no tenía que compartir con tranvías y automóviles. Allí, en el corazón de la Barcelona Antigua donde ni las máquinas ni sus discípulos conseguían penetrar, Alicia quiso creer que el tiempo discurría en círculos y que, si no se aventuraba más allá del laberinto de callejas donde el sol apenas se atrevía a pasar de puntillas, tal vez no envejecería jamás y podría volver a un tiempo oculto para reencontrarse con el camino que nunca debió abandonar».

La Ribera ha sido durante muchos años el pariente pobre en la familia de la vieja Barcelona. Sus calles son posiblemente unas de las más antiguas que se mantienen en pie, pero su redescubrimiento fue dejado para el furgón de cola, tal vez porque pocos lugares de la ciudad han sufrido tantas agresiones y destrucción a lo largo de su historia, ya desde los tiempos de la monstruosa fortaleza militar, la Ciudadela, que un día ocupó los terrenos que hoy son el mayor parque de la ciudad y cuyas ruinas fueron empleadas para unir un islote frente al puerto a la metrópoli y crear la Barceloneta. La leyenda dice que aún quedan adoquines y rincones en su seno que nunca han sido pisados por los nativos de la capital. Hay motivos para sospechar que el ADN de la ciudad está enterrado todavía en algún rincón oculto entre la brecha de la Vía Layetana y las sombras de la calle Flassaders.

CARLOS RUIZ ZAFÓN

RIBERA CIUDADELA BARCELONETA

LOS PALACIOS ULTRAMARINOS

MERCADILLO EN LA PUERTA DE LA IGLESIA
DE SANTA MARÍA DEL MAR

«No sé si bajé a la calle o soñé que lo hacía, pero sin saber cómo había llegado allí me encontré enfilando el paseo del Born y caminando hacia la catedral de Santa María del Mar. Las calles estaban desiertas bajo la luna de mercurio. Alcé la vista y creí ver el espectro de una gran tormenta negra desplegar sus alas sobre la ciudad.»

El Juego del Ángel, Carlos Ruiz Zafón

Carrer Pelai
Ronda Sant Antoni
La Rambla
Avinguda Paral·lel
Ronda San Pau
Carrer Hospital
Rambla del Raval
Avinguda Paral·lel
La Rambla
Avinguda Miramar
Pg. de Montjuïc
21
Plaça Armada
Passeig Josep Carner
Moll de la Fusta
Ronda Litoral
Port Vell

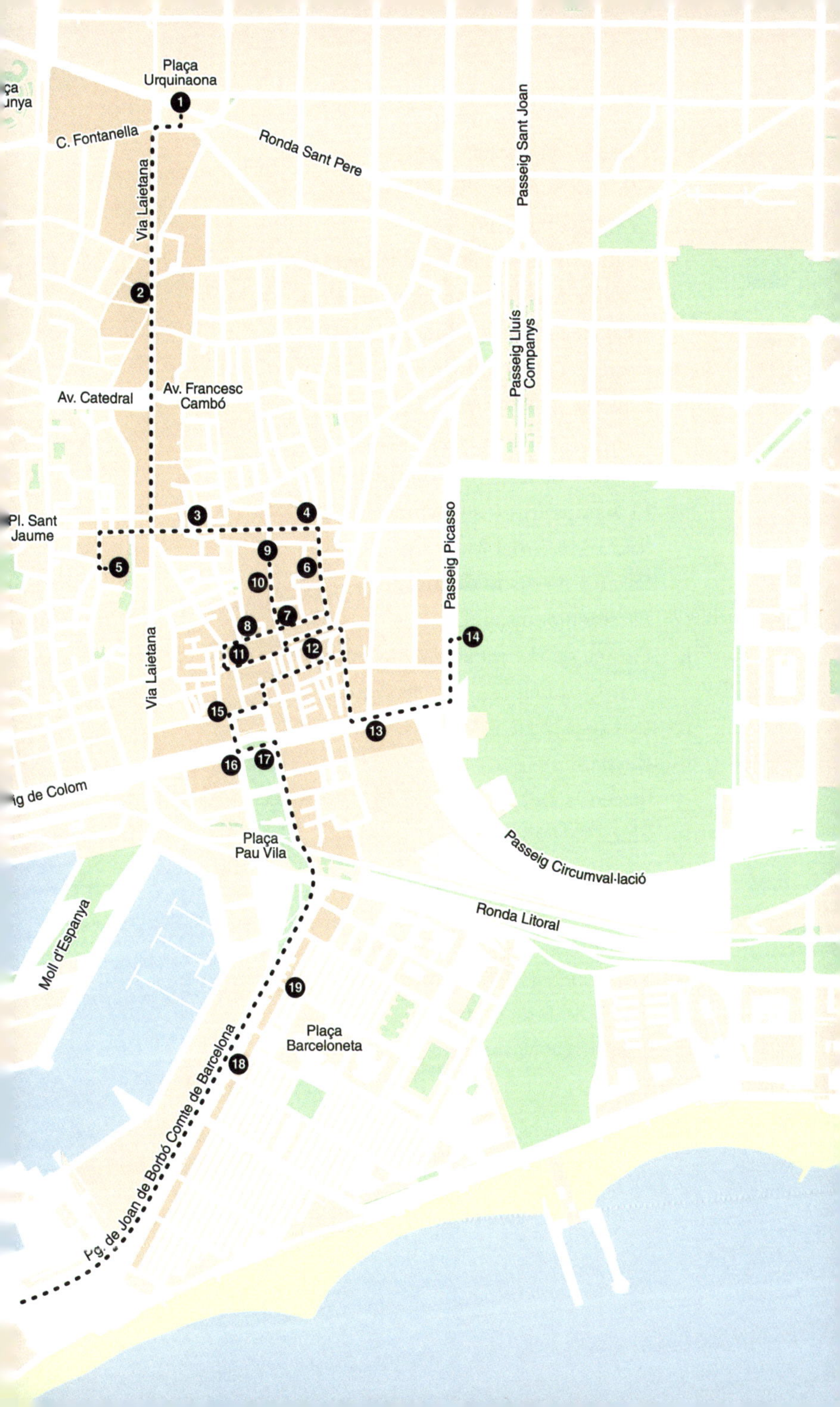

Plaça Urquinaona
ça
unya
C. Fontanella
Ronda Sant Pere
Passeig Sant Joan
Via Laietana
Passeig Lluís Companys
Av. Catedral
Av. Francesc Cambó
Pl. Sant Jaume
Passeig Picasso
Via Laietana
ig de Colom
Plaça Pau Vila
Passeig Circumval·lació
Ronda Litoral
Moll d'Espanya
Plaça Barceloneta
Pg. de Joan de Borbó Comte de Barcelona
1
2
3
4
5
6
7
8
9
10
11
12
13
14
15
16
17
18
19

1 Plaza Urquinaona.
2 Jefatura Superior de Policía (Vía Layetana, 43).
3 El Rey de la Magia (calle Princesa, 11).
4 Casa de Mijail Kolvenik (calle Princesa, 33).
5 Real Academia de Buenas Letras.
6 Casa de David Martín (calle Flassaders, 30).
7 Calle de las Moscas.
8 Can Gispert (calle Sombrerers, 23).
9 Palacios de la calle Moncada.
10 El Xampanyet (calle Moncada, 22).
11 Santa María del Mar.
12 Paseo y mercado del Borne.
13 Estación de Francia.
14 Parque de la Ciudadela, umbráculo y antiguo Depósito de las Aguas.
15 La Lonja (paseo Isabel II, 1).
16 Restaurante Set Portes (paseo Isabel II, 14).
17 Plaza Palacio.
18 Restaurante Can Solé (calle San Carlos, 4).
19 La Bombeta de la Barceloneta.
20 Torre de San Sebastián, al final del paseo Juan de Borbón.
21 Castillo de Montjuïc.

La Ribera constituyó el núcleo de los talleres artesanos, la iglesia de Santa María del Mar, los gremios medievales y los palacios de la aristocracia condal. La derrota de la guerra de Sucesión en 1714 supuso la construcción por Felipe V de la fortaleza militar conocida por la Ciudadela que, con la Exposición de 1888, se transformó en parque. La ciudad marítima se completa en el XVIII con el barrio de pescadores de la Barceloneta. La apertura de la Vía Layetana, a principios del siglo XX, y la Villa Olímpica de 1992 modificaron un perímetro que limita al norte con la calle Trafalgar, al este con la Ciudadela, al sur con la ronda Litoral y al oeste con la Vía Layetana.

COMISARÍA DE VÍA LAYETANA

Sumido en *El Juego del Ángel*, David Martín está deslumbrado por la *lux aeterna* que propaga Andreas Corelli. Pasa por las oficinas del Banco Hispano Colonial para ingresar los cien mil francos que el pérfido editor le paga por su trabajo de soldado de la pluma. En la ficción, las oficinas del Hispano Colonial se sitúan en la calle Fontanella, pero, en realidad, el banco estaba situado al final de Vía Layetana, tras el edificio de Correos y reabrió sus puertas reconvertido en hotel de lujo. El Hispano Colonial simboliza el poder financiero de las grandes familias que hicieron fortuna en Cuba y Filipinas e impulsaron la transformación de la ciudad a principios del siglo XX. Con la apertura de la Vía Layetana, la avenida que comunicaba el mar y la montaña, se roturó la Barcelona de los gremios medievales.

Hacia allí vamos. En la plaza Urquinaona, Martín se detiene para comprar su diario, *La Voz de la Industria*, y echar un ojo a la sección de sucesos que él mantuvo como esforzado redactor. Casi sepultada entre las noticias del día, una breve columna informa del incendio de la editorial de Barrido y Escobillas, donde él entregó sus manuscritos de folletinista y hubo de discutir con sus roñosos editores.

Bajando por el margen derecho de la Vía Layetana no tardamos en encontrar la Jefatura Superior de Policía, en el número 43, esquina con las calles Mieres y Julià Portet. La comisaría de policía fue en su origen el edificio de un acaudalado empresario que en 1929 acabó transformado en un hotel para alojar a los visitantes de la Exposición Internacional. Dos años después, tras la proclamación de la República, se reconvierte en la Comisaría de Orden Público. Después de la guerra civil, en 1941, pasa a ser la Jefatura Superior de Policía. Vía Layetana, 43, cuando transcurre *La Sombra del Viento*, es la sede de la Brigada Político-Social que comanda el inspector Javier Fumero. Una jefatura temida tanto por los presos políticos como por los homosexuales, a quienes se les aplicaba la Ley de Peligrosidad Social. En los lúgubres calabozos de Fumero, el relojero Federico Flavià da con sus huesos en *La Sombra del Viento*: le sorprendieron vestido de mujer y cantando cuplés a criaturas fugadas del Cotolengo: «Había pasado la noche en una celda cochambrosa, donde un orfeón de macarras y navajeros se lo habían rifado cual putón verbenero para luego, una vez ahítos de sus carnes magras, propinarle una paliza de órdago...».

En *El Juego del Ángel*, la jefatura es el escenario de los interrogatorios del inspector Grandes a David Martín: «Al llegar a la Comisaría Central, Grandes bajó del coche y se dirigió al interior sin esperar. Marcos y Castelo me asieron cada uno de un brazo como si quisieran pulverizarme los huesos y me arrastraron por un laberinto de escaleras, pasillos y celdas hasta un cuarto sin ventanas que olía a sudor y orina. En el centro había una mesa de madera carcomida y dos sillas tronadas. Una bombilla desnuda pendía del techo y había una rejilla de desagüe en el centro de la habitación en el punto en que convergían las dos ligeras pendientes que formaban la superficie del suelo».

En *El Laberinto de los Espíritus* Fernandito visita la Jefatura de la mano del maléfico Hendaya: «Nunca había estado en la comisaría de Vía Layetana. Fernandito era uno de los muchos barceloneses que, si por ventura se encontraban por el barrio y tenían que cruzar frente al ominoso edificio, cambiaban de acera y apretaban el paso».

Los recelos de Fernandito se confirman cuando dos agentes le agarran del brazo y lo conducen a las dependencias policiales: «El interior de la comisaría se le antojó tan oscuro y cavernoso como había imaginado. Tan pronto como la luz de la calle se perdió a su espalda, percibió un vago aroma a amoníaco. Los dos agentes lo llevaban de los brazos y sus pies respondían con una mezcla de paso lento y arrastre». Fernandito pasa por pasillos entre ecos de voces y miradas furtivas hasta llegar ante la puerta cuyo cristal esmerilado anuncia la Brigada de Investigación Social, encargada de los asuntos políticos: «Le condujeron a través de una lúgubre sala poblada por mesas de metal sin más ocupante que una lámpara de flexo que extendía una burbuja de luz amarillenta sobre cada una de ellas».

CALLE PRINCESA, 33

Arrastrados por una poderosa avenida de automóviles y turistas encantados de haberse conocido en Barcelona, parece que la vocación de la Vía Layetana es lanzarnos directamente al mar, como hizo en su día con la menestralía de los callejones medievales. Para volver a respirar el aire de aquella morosa vecindad que el urbanismo cuarteó, viramos hacia la calle Princesa.

David Martín ha entrado en El Rey de la Magia, situado en el número 11, después de una tienda de máscaras de papel maché: «Las vidrieras de la puerta apenas insinuaban los contornos de un interior sombrío y vestido de cortinajes de terciopelo negro que envolvían vitrinas con máscaras e ingenios de regusto victoriano, barajas trucadas y dagas contrapesadas, libros de magia y frascos de cristal pulido que contenían un arco iris de líquidos etiquetados en latín y probablemente embotellados en Albacete. La campanilla de la entrada anunció mi presencia». El visitante repara en un espejo que refleja toda la tienda menos su rostro... El dependiente le da la bienvenida: «Un truco interesante, ¿verdad?».

El fundador de El Rey de la Magia fue Joaquín Partagás Jaquet, un mago que realizó giras por Hispanoamérica, Estados Unidos y Europa antes de instalarse en la Barcelona de 1881. Partagás mantuvo un teatro de espectáculos en la Rambla e ideó el famoso número de la «mujer araña»; murió en 1931.

Por esa misma calle anda Óscar Drai: «De camino a la calle Princesa descubrí que estaba hambriento y me detuve a comprar un pastel en una panadería frente a la basílica de Santa María del Mar. Un aroma a pan dulce flotaba al eco de las campanadas». Dice la ficción que en el número 33, piso cuarto, puerta segunda, reside el misterioso Mijail Kolvenik y la dama de negro a la que Óscar ha seguido los pasos en sus visitas al cementerio de Sarriá.

Vía distinguida de la burguesía decimonónica y vector regio del barrio de la Ribera, la calle Princesa hace honor a su nombre y ofrece al protagonista de *Marina* «viejos palacios y edificios que parecían más antiguos que la propia ciudad». Pero ¿quién vive realmente en el casi borrado número 33? Sigamos a Óscar: «Me adentré en un vestíbulo que recordaba el claustro de una vieja capilla. Un bloque de buzones oxidados palidecía sobre una pared de esmaltes quebrados. [...] Nadie había cambiado una bombilla en aquella escalera por lo menos en treinta años». En busca de Kolvenik, Óscar asciende por peldaños «resbaladizos y gastados», y se detiene ante la puerta del cuarto segunda: «Una losa de madera labrada con un picaporte de aspecto ferroviario». Timbrea un par de veces y empieza a pensar «que había penetrado en una tumba. Uno de los cientos de edificios fantasmas que embrujaban el casco antiguo de Barcelona».

La pesquisa solo es posible en la Barcelona del misterio y la imaginación. Donde una vez hubo un vetusto edificio como el descrito, abre hoy sus puertas el moderno hotel Ciutat Barcelona. Los bajos, de diseño *high tech*, maridan con una restaurada fachada de sobriedad neoclásica.

REAL ACADEMIA DE BUENAS LETRAS

Por la Vía Layetana, un poco más abajo del cruce de calle Princesa, accedemos a la Real Academia de Buenas Letras, en el palacio Requesens. Conocida en sus orígenes, finales del siglo XVII, como la Academia Desconfiada y reconocida oficialmente en 1729, la Real Academia de Buenas Letras de Barcelona alberga un tesoro bibliográfico.

Después de percibir el perfume de las piedras góticas, Alicia Gris, protagonista de *El Laberinto de los Espíritus*, acude al palacio Requesens para entrevistarse con Sergio Vilajuana, periodista de *La Vanguardia* que ha investigado la vida y la obra de Víctor Mataix, el misterioso autor de *El Laberinto de los Espíritus*. Como muchos barceloneses, Alicia desconoce la historia de una entidad que fue clave en la cultura del siglo XVIII: «Sabía, o intuía, que la academia la integraba una pléyade de sabios, escribas y letraheridos conjurados en la protección del conocimiento y la palabra escrita».

Un individuo «de aire incunable y trazas de llevar allí desde los albores del siglo anterior» la conduce hasta la biblioteca «por salones plagados de estatuas y corredores palaciegos». Alicia encuentra a Vilajuana en una de las mesas, arropado por los casi cincuenta mil libros que copan los anaqueles de la Academia.

TORREÓN DE FLASSADERS, 30

Por una esquina de Princesa penetramos en el universo de la Ribera. Con el dinero fresco en los bolsillos, David Martín abandona la humilde pensión en una lóbrega calle adyacente y alquila un «caserón de aire monumental» en el 30 de la calle Flassaders: «La finca, rematada por un torreón que brotaba de una fachada labrada de relieves y gárgolas, llevaba años cerrada, el portal sellado con cadenas y candados picados de herrumbre». La propiedad depende del administrador Vicenç Clavé, con oficina en la calle Comercio, frente al mercado del Borne. «Esa casa tiene mala sombra», le advierte Clavé.

El nombre de Flassaders evoca el origen gremial de la calle. La habitaron los vendedores de *flassades*, es decir, de mantas, colchas y tejidos. No es asunto baladí que Martín se decida por Flassaders en una etapa de desahogo económico.

Allí vivieron médicos, notarios y familias de la nobleza, y hasta el siglo XIX se ubicó la Casa de la Moneda (conocida como la Seca, según la etimología árabe). Un escudo pétreo en el número 40 recuerda dicho esplendor monetario junto a la calle de las Moscas, tal vez, la más estrecha de la ciudad. En el 30 bis tenía su sede la Fábrica de Dulces Mauri; hoy alberga el restaurante La Báscula en una fachada que nos informa de la fabricación de «caramelos, conservas, chocolates, grageas y peladillas». Justo al lado, un enigmático edificio de gruesa piedra permanece cerrado y deja volar las disquisiciones de la imaginación. En el número 32 todavía podemos degustar las especialidades de Can Mauri, pastelería con decoración modernista y un vidrio biselado que nos informa de que la casa fue fundada en 1840.

La torre de la novela «dibujaba una atalaya suspendida sobre los tejados del barrio de la Ribera y rematada por un estrecho cimborio de metal y cristal tintado que hacía las veces de linterna y del que asomaba una rosa de los vientos en forma de dragón». Desde los cuatro grandes ventanales de su estudio, David divisa la iglesia de Santa María del Mar, el mercado del Borne, la estación de Francia y la madeja de calles de la ciudad en perpetua metamorfosis: «Los terrados de la ciudad vieja relucían de escarcha y un cielo púrpura se anudaba sobre Barcelona. Al sonido de las campanas de Santa María del Mar, una nube de alas negras alzó el vuelo desde un palomar. Un viento frío y cortante trajo el olor de los muelles y las cenizas de carbón que destilaban las chimeneas de la barriada».

Los estados de ánimo de David Martín se identifican con el paisaje que avista desde el torreón de Flassaders. Un día de verano, la presión asfixiante de la climatología se aúna al influjo maléfico de Corelli. La ciudad parece incubar un progreso industrial preñado de vicisitudes: «A lo lejos, las tres grandes chimeneas del Paralelo se alzaban como piras funerarias, esparciendo un manto de cenizas blancas que se extendía sobre Barcelona como polvo de cristal». En las azoteas colindantes, el vecindario intenta conciliar el sueño y la estatua de la Virgen de la Mercè se recorta en el *skyline* de esa ciudad que susurra sus secretos de humedad y salitre. Malos presagios: David descubrirá a Isabella acurrucada en la angosta y lúgubre calle de las Moscas.

En la Ribera, su barrio de la infancia, David Martín vivió a los ocho años su primer enamoramiento por Blanca, una niña de buena familia que vive en Sarriá y baja al Borne para visitar a su padre. El mercado y la iglesia de Santa María del Mar son los escenarios del relato «Blanca y el adiós». David le dedica sus primeros escritos y la sigue cuando Blanca va con la doncella que la cuida al confesionario de Santa María del Mar: «Compartíamos historias y sueños de críos mientras la doncella martirizaba al párroco con el prolijo recuento de sus pecados».

La «catedral del mar» asoma también en «El Príncipe de Parnaso». El paseo del Borne es, en 1917, uno de los escenarios del pistolerismo en «Hombres de gris».

CAN GISPERT

Instalado en la calle Flassaders, David Martín se provee de alimentos de Can Gispert, «formidable emporio de ultramarinos que quedaba en la calle Mirallers, detrás de la catedral de Santa María del Mar». El pedido mensual se lo lleva la hija de los dueños, Isabella, quien le acompañará en sus labores literarias y acabará, con el tiempo, siendo la esposa de Daniel Sempere.

COLMADO CAN GISPERT

Cuando visita la tienda de ultramarinos, David Martín descubre «un pequeño bazar de maravillas traídas de todos los rincones del mundo». El colmado de los padres de Isabella reúne los olores y sabores de un barrio como el Borne, emporio de importaciones alimentarias: «Mermeladas, dulces y tés. Cafés, especias y conservas. Frutas y carnes curadas. Chocolates y fiambres ahumados. Un paraíso pantagruélico para bolsillos bien calzados».

David no entiende por qué Isabella reniega «de las mieles del comercio para postrarse a las miserias de la literatura». Can Gispert existe, pero no en Mirallers, aunque muy cerca: en el número 23 de la calle Sombrerers, que discurre en paralelo a la fachada posterior de Santa María del Mar, entre Argenteria y Moncada.

Fundado en 1851 como almacén de productos coloniales, Can Gispert nos trae aromas de café, especias, cacao y la torrefacción de frutos secos, que suscita experiencias proustianas: las almendras tostadas son el producto emblemático del colmado, así como los turrones artesanos y los chocolates con generoso porcentaje de cacao. Sugestivos microclimas ultramarinos, recostados durante décadas sobre los venerables muros de Santa María del Mar.

ASILO DE SANTA LUCÍA DE LA CALLE MONCADA

Dejamos Sombrerers y accedemos a la calle Moncada. Vía gótica de la Barcelona fundacional, alberga museos como el Picasso, tiendas de souvenirs y galerías de arte. En cualquiera de sus palacios podría encontrarse ese Asilo de Santa Lucía «de reputación fantasmal» que Daniel visita con Fermín Romero de Torres en *La Sombra del Viento* para indagar sobre Julián Carax y Penélope Aldaya.

Cada palacio de Moncada conoció a lo largo de los siglos diversos usos y vicisitudes. La calle es inventario y crónica barcelonesa. La historia del Asilo de Santa Lucía podría equipararse a cualquier institución de la añeja calle: «Desde el siglo XI había albergado entre otras cosas varias residencias de familias de buen asiento, una cárcel, un salón de cortesanas, una biblioteca de códices prohibidos, un cuartel, un taller de escultura, un sanatorio de apestados y un convento». También tuvo de inquilino a un tal Baltasar Deulofeu, alquimista que coleccionaba homúnculos en formol y practicaba el espiritismo y la necromancia en un inquietante *Tenebrarium*. Finalmente, tan siniestro uso fue sustituido por las obras de caridad de las Damas del Último Suplicio.

Un portón de madera podrida conduce a Daniel y Fermín «al interior de un patio custodiado por lámparas de gas que salpicaban gárgolas y ángeles cuyas facciones se deshacían en la piedra envejecida. Una escalinata ascendía al primer piso, donde un rectángulo de claridad vaporosa dibujaba la entrada principal del asilo». El cuadro casa con la etapa decadente de los palacios de Moncada; rehabilitados en equipamientos culturales o turísticos, constituyen hoy el escaparate de la Barcelona gótica.

Para recuperarse de la impresión, en la misma calle Moncada, encontramos la taberna El Xampanyet —también conocido en el barrio como Ca l'Esteve—, con sus botas de vino, mesas de mármol y ese vino gasificado que le da fama. Al abandonar el asilo, Daniel y Fermín respiran hondo. «Oiga, Daniel. ¿Y si nos marcamos unas croquetillas de jamón y unos espumosos aquí en El Xampanyet para quitarnos el mal sabor de boca?», propone el avispado Romero de Torres. La cosa empieza muy bien y acaba muy mal: el malvado inspector Fumero y dos de sus adláteres irrumpen en la taberna y muelen a golpes a Fermín. Ayudado por un par de parroquianos de El Xampanyet, Daniel acarrea hasta una parada de taxis de la calle Princesa a un Fermín baldado y exánime; luego se dirige pitando a la casa de Gustavo Barceló para que le auxilien.

En *El Juego del Ángel*, David Martín también se cita con el inspector Víctor Grandes en El Xampanyet: «Un camarero armado de una bayeta que apestaba a lejía nos miró y Grandes pidió un par de cervezas y una tapa de queso manchego». La taberna vuelve a constituir un buen refugio para Daniel y Fermín en la celebración de la última noche de soltería del segundo, antes de casarse con la Bernarda. Perfumados de champán tras la fiesta en el baile de La Paloma, se disponen a dar el tradicional paseo por el Rompeolas rumbo al amanecer: «Lo único que encontramos abierto a aquellas horas fue El Xampanyet en la calle Montcada. Tanta pena les debimos dar que nos dejaron quedarnos un rato mientras limpiaban y, al cerrar, ante la noticia de que Fermín estaba a horas de convertirse en un hombre casado, el dueño le dio el pésame y nos regaló una botella de la medicina de la casa». Que aproveche.

SANTA MARÍA DEL MAR

En *La Sombra del Viento*, un hombre es hallado muerto en un banco del paseo del Borne, «contemplando la basílica de Santa María del Mar sentado con las manos cruzadas sobre el regazo», y la beata Bernarda, criada del librero Gustavo Barceló, acude a diario a la basílica de los gremios medievales «a

IGLESIA DE SANTA MARÍA DEL MAR

oír el servicio de las ocho y se confesaba tres veces por semana como mínimo». No es extraño. La Bernarda iba al templo porque trabajaba en uno de tantos puestos de verduras del mercado del Borne y saciaba su apetito literario con la hoja dominical de la parroquia. La tierra y el cielo en maridaje.

Santa María del Mar es la elegancia gótica de Barcelona, su catedral del mar. En *El Juego del Ángel*, los aromas del colmado de Can Gispert se conjugan con el rumor popular que rodea la basílica. A finales de los años veinte, el Borne es el mercado central de abastos de Barcelona, y Santa María del Mar, levantada por los *bastaixos* medievales, el núcleo central del tráfago comercial.

Frente a las puertas de la basílica, David contempla un barrio «repleto de carromatos y gentes que acudían al mercado, y de comerciantes y mayoristas que abrían sus tiendas», y le parece la reserva espiritual de los artesanos.

Santa María del Mar está cuajada de misterio. Mientras observa el templo desde su torreón, el protagonista de *El Juego del Ángel* coteja en su máquina Underwood la tipografía del ejemplar de *Lux Aeterna* que rescató del Cementerio de los Libros Olvidados: «Una de las letras, la S mayúscula, aparecía siempre ligeramente ladeada». Martín teclea una frase al azar: «Suenan las campanas de Santa María del Mar». *Lux Aeterna* había sido escrita «en aquella misma máquina de escribir y, supuse, probablemente en aquel mismo escritorio». El cielo frente al infierno.

EL BORNE

Por los aledaños del antiguo mercado del Borne —hoy, silente estructura de hierro sobre las ruinas de 1714— pululan otros vecinos no menos inquietantes. Mijail Kolvenik, oscuro villano de *Marina*, es propietario de la Velo-Granell, empresa de ortopedia y prótesis médicas que le convertirá en uno de los hombres más poderosos de Barcelona, a raíz del conflicto de Marruecos y la guerra europea de 1914, cuando la neutralidad española originó un caudal de divisas. Los talleres se ubican junto al mercado, el centro de abastos de Barcelona, que en los años setenta se trasladó a Mercabarna. Inventor de articulaciones artificiales y mecanismos neumáticos para insuflar vida a sus prótesis, Kolvenik amplía su producción a las válvulas circulatorias y diseña autómatas como los que se exhiben en el parque de atracciones del Tibidabo.

En la Velo-Granell, su esposa Eva Irinova desvelará la faceta más terrorífica de Kolvenik. Descubrirá, además de pies, manos y ojos de cristal, inmensos tanques de formol con «cadáveres que giraban en un macabro ballet», y una mesa metálica con el cuerpo yacente y desnudo «de una mujer diseccionada desde el vientre a la garganta».

El Borne reaparece en *El Juego del Ángel* bajo diversas tonalidades climatológicas y estados de ánimo. David Martín acaba de llegar de Sarriá con el tranvía que le ha dejado en la plaza Palacio. Anochece, el viento es helado y amenaza tormenta: «En las calles que rodeaban el Borne las gentes se afanaban a asegurar puertas y ventanas, los tenderos cerraban sus comercios antes de hora y los niños salían a la calle para jugar contra el viento, alzando los brazos en cruz y riendo ante el estruendo de truenos lejanos».

Por la calle Comercio se acerca Fermín en *El Prisionero del Cielo*. En la Barcelona de 1941, y tras sufrir cautiverio y escaparse del castillo de Montjuïc, es un proscrito que sortea la presencia de la Guardia Civil: «Las calles estaban desiertas y una brisa fría soplaba entre los callejones».

Fermín busca cobijo entre los pliegues más recónditos de los callejones, cerca del viejo caserón de la calle Flassaders que habitó David Martín, su compañero de prisión, junto a la fábrica de chocolates Mauri. Allí constata compungido que el edificio es un montón de piedras maltrechas por los bombardeos de la reciente guerra civil. Como si pretendiera enterrarse en vida para no ser visto, «Fermín se adentró entre las ruinas, sorteando cascotes, gárgolas quebradas y vigas trenzadas en nudos imposibles». Al poco de recostarse hecho un ovillo, observa que una figura se mueve entre las sombras de la húmeda noche. La sombra resulta ser el providencial padre Valera. El sacerdote, un hombre ilustrado que compagina la lectura de *Los miserables* con la de Antonio Machado, ayudará a Fermín con ropa y comida y le brindará refugio en el ático del edificio que habita al final del paseo del Borne. Al día siguiente, con el estómago lleno y la ropa limpia, el fugitivo saldrá de puntillas y seguirá su itinerario clandestino.

ESTACIÓN DE FRANCIA

En mayo de 1980, un muchacho desaparecido durante siete días sin dejar rastro conversa con un policía de paisano en la estación de Francia, «una catedral forjada de hierro y niebla». Se llama Óscar Drai... Así comienza *Marina*. Un policía y un niño en un banco del andén de una brumosa estación. Tras la charla, el policía acompaña al chaval hasta la calle y le da dinero para un taxi con la propina de una frase lapidaria: «Sólo desaparece la gente que tiene algún sitio adonde ir».

Óscar retornará a esa estación. Una fría mañana domini-

ESTACIÓN DE FRANCIA

cal de noviembre acompañará a Marina y a su padre, el pintor Germán Blau. Van a tomar el tren que parte hacia Madrid a las nueve en punto. Viajan a la capital en busca de un médico que haga milagros: «Al llegar a la estación, Germán se acomodó en un café mientras Marina y yo íbamos a comprar los billetes reservados en la taquilla. A la hora de partir, Germán me abrazó con tal intensidad que estuve a punto de echarme a llorar. Con ayuda de un mozo subió al vagón y me dejó a solas para que me despidiese de Marina. El eco de mil voces y silbatos se perdía en la enorme bóveda de la estación».

Una semana después, otra vez domingo, Óscar aguarda en la estación de Francia al padre y a la hija. Faltan dos horas para su arribada y recorre la edificación construida para la Exposición Internacional de 1929. La escena transcurre medio siglo después de aquella inauguración, cuando la estación padece una decadencia que solo remediará su rehabilitación al calor de otro acontecimiento ciudadano: los Juegos Olímpicos de 1992.

Óscar no pierde detalle de la bóveda metálica *déco* que acoge trenes y extraños peregrinos: «Siempre había pensado que las viejas estaciones de ferrocarril eran uno de los pocos lugares mágicos que quedaban en el mundo. En ellas se mezclaban los fantasmas de recuerdos y despedidas con el inicio de cientos de viajes a destinos lejanos, sin retorno. "Si algún día me pierdo, que me busquen en una estación de tren", pensé». El agudo silbido del expreso de Madrid le devuelve a la realidad: «El tren irrumpía en la estación a pleno galope. Enfiló hacia su vía y el gemido de los frenos inundó el espacio. Lentamente, con la parsimonia propia del tonelaje, el tren se detuvo. Los primeros pasajeros comenzaron a descender, siluetas sin nombre. Recorrí con la mirada el andén mientras el corazón me latía a toda prisa».

La estación de Francia es el lugar predilecto de David Martín en *El Juego del Ángel*. De las innovaciones urbanas de la Exposición, su favorita es «aquella bóveda de acero y cristal de aire catedralicio» que divisa desde la ventana de su torreón de Flassaders. Aguarda en esos andenes a su amada Cristina, mientras la lluvia «golpeaba con fuerza la bóveda de la estación». En otra ocasión se queda con la mirada fija en el marmóreo vestíbulo, «un espejo a mis pies en el que se reflejaba el gran reloj suspendido en el techo».

David mira la hora y las taquillas cerradas. En su viaje a Puigcerdà, en pos de Cristina, se refugiará en un compartimento del tren, abandonado «al tibio aliento de la calefacción y el suave traqueteo». La estación es un lugar de partidas... o de huidas; donde Julián Carax, autor de *La Sombra del Viento*, tomó un tren para París. Ese día, «la estación de Francia estaba desierta, los andenes combados en sables espejados que ardían al amanecer y se hundían en la niebla». En uno de los bancos, bajo la bóveda de gris metálico, se sentó Julián con un libro en las manos: «Sabía que subiría a aquel tren sin más compañía que su recuerdo».

Los recuerdos pueden ayudar en los malos momentos; o atormentar todavía más un presente aciago. Y en la memoria triste de Fermín, nada peor que la noche en que baja del tren en una Barcelona hostil de posguerra que le ha convertido en un fugitivo con identidad falsa. Todos parecen enemigos para un hombre que se siente acosado: «La máquina había escupido una nube de vapor y hollín que reptaba por el andén y velaba los pasos de los pasajeros que descendían tras el largo trayecto». Integrante de un pueblo derrotado por la guerra y el hambre, condenado a la migración perpetua, Fermín acaba uniéndose «a la marcha silenciosa hacia la salida entre gentes enfundadas en ropas deshilachadas que arrastraban maletas sujetas con correas, ancianos prematuros que portaban todas sus pertenencias en un fardo y niños con la mirada y los bolsillos vacíos».

PARQUE DE LA CIUDADELA

El primer encuentro de David Martín con Andreas Corelli tiene lugar en el Depósito de las Aguas de la Ciudadela. David despierta, junto a un hombre con harapos, tras el confuso episodio del tranvía que quiso atropellarle en los aledaños de la Sagrada Familia. «El Depósito de las Aguas tenía las trazas de un tosco castillo o de una prisión. Había sido construido para abastecer los pabellones de la Exposición Universal de 1888, pero con el tiempo sus tripas de catedral laica habían

PARQUE DE LA CIUDADELA, PUENTE
Y FACHADA DEL PALACIO DE LA EXPOSICIÓN
INTERNACIONAL DE 1888

acabado por servir de cobijo a moribundos e indigentes...» En uno de los bancos del estanque identificará la silueta de Corelli, el editor que quiere que trabaje para él en exclusiva. En el Depósito de las Aguas también fue hallado el cadáver del abogado Marlasca; se dijo que presuntamente ahogado, él, que fue «campeón en dos ocasiones de la travesía navideña a nado del puerto que organiza el Club Natación Barcelona».

Situado en el número 48 de la calle Wellington, en la parte posterior de la Ciudadela, el depósito que Fontserè planeó según el canon romano y cuya capacidad hidráulica calculó un joven Gaudí suministraba el agua del parque. Tras un siglo de utilización errática —asilo, parque de bomberos y de la Guardia Urbana y archivo judicial—, el robusto edificio fue reconvertido en biblioteca de la Universidad Pompeu Fabra.

En el torreón de Flassaders, que fue la casa de Marlasca, David encuentra una caja de latón con viejas fotografías: «Eran imágenes de otro tiempo, viejas postales de la Barcelona antigua, de los palacios derribados en el Parque de la Ciudadela tras la Exposición Universal de 1888, de grandes caserones derruidos y avenidas sembradas de gentes vestidas al uso ceremonioso de la época, de carruajes y memorias que tenían el color de mi niñez». Gracias a aquella exposición, la Ciudadela mudó un paisaje sembrado de guerras perdidas en el parque risueño donde reinaba la grácil Dama del Paraguas y los niños tiraban de la manga a sus padres para entrar en el zoo. De la muerte a la vida. Estatuas de escritores, estanque con barcas guiadas por amantes, en el umbráculo, la temperatura hace crecer exóticas frondosidades botánicas...

En ese umbráculo se han citado David Martín y Andreas Corelli: «Nos encontrábamos sentados en un banco en la tiniebla dorada [...]. Una bóveda de láminas filtraba la luz hasta reducirla a polvo de oro y un jardín de plantas esculpía las sombras y claros de aquella extraña penumbra luminosa que nos rodeaba». Tras una conversación religioso-filosófica, tan densa como la humedad ambiental, el patrón Corelli ha estrechado la mano sudorosa de su atribulado subalterno; el escritor le ve partir «en las tinieblas del umbráculo, el eco de sus pasos desvaneciéndose en la sombra». Al salir de allí, a David Martín le tiemblan, todavía, las manos.

LA LONJA

Para disimular la bancarrota de su empresa, Mijail Kolvenik organiza un cóctel de lujo en la Lonja, el templo financiero de la ciudad, con sus baldosas ajedrecísticas que parecen recordarnos que la economía es un perpetuo jaque mate: «Se enviaron invitaciones a todos los grandes accionistas, las grandes familias de Barcelona... La noche del acto llovía a cántaros. La Lonja estaba ataviada como un palacio de ensueño». Al final, los distinguidos convidados declinarán la invitación y Kolvenik se quedará solo en la sala, «luciendo su frac impecable y fumando un cigarrillo de los que se hacía importar de Viena».

Enfrente de la Lonja, bajo la bella casa de los porches que construyó el indiano Xifré, se encuentra el restaurante Set Portes, donde la redacción de *La Voz de la Industria*, el diario en que trabaja David Martín, celebra la cena de Navidad. Pero no le han invitado: «Me quedé fuera, contemplando a mis compañeros reír y brindar tras los cristales. Confié en que mi ausencia les hiciese felices o que cuando menos les hiciera olvidar que no lo eran ni lo serían jamás».

En la plaza Palacio, junto a la Lonja, David Martín ha tomado el primer tranvía del día rumbo a Sarriá: «Serpientes de luz chispeaban sobre la catenaria. Abordé el tranvía y me senté al frente».

BARCELONETA

El mar es un lenitivo contra el desasosiego. Julián Carax, el hombre perseguido que oculta su identidad, se dirige a la Barceloneta en compañía de Nuria Monfort: «Nos sentamos en la arena, cerca de la orilla, como lo hacen los niños y los viejos. Julián sonreía en silencio, recordando a solas». En *El Prisionero del Cielo*, Daniel y un Fermín a punto de casarse llegan hasta el puerto para compartir la última botella de la noche —o la primera del amanecer—, que les han regalado

TORRE DE SAN SEBASTIÁN

en El Xampanyet. Con los pies colgando de los muelles y entre trago y trago, los dos amigos del alma contemplan «la ciudad en silencio, siguiendo el vuelo de una bandada de gaviotas sobre la cúpula de la iglesia de la Mercè trazando un arco sobre las torres del edificio de Correos».

Este paisaje marítimo resurge en viejas fotografías de la aristocrática familia Vidal en los baños de la playa de San Sebastián en la Barceloneta. En ese barrio marinero, donde el baño burgués convivía con la sardinada popular sobre la arena, abre sus puertas el restaurante Can Solé de la calle San Carlos. A sus mesas se sienta David Martín con don Basilio para celebrar el éxito del folletín *Los misterios de Barcelona*.

En una de sus pesquisas de *El Laberinto de los Espíritus*, Alicia y Vargas transitan del barrio de la Ribera hasta el corazón de la Barceloneta. Perseguidos por una lluvia pertinaz van a parar a la calle Maquinista. En el número 3 un rótulo anuncia el bar La Bombeta: «Allí se alzaba el frontón de lo que a primera vista parecía un cruce de taberna portuaria y bar de carretera que no hubiera ganado ningún concurso de Bellas Artes pero que desprendía un olor que despertaba las entrañas».

La Bombeta es un establecimiento pionero de las tapas y su especialidad, las *bombas*, deben esa denominación a los globos aerostáticos que a finales del XIX aterrizaban en la playa donde se ubica actualmente el Hospital del Mar. Los que se acercan a esta institución de la Barceloneta quedan advertidos por un cartel colgado de las barricas: «No hablamos inglés, pero hacemos unas bombas cojonudas». Así se lo advierte Alicia a Vargas: «No se viene aquí por las vistas, sino por las bombas». La pareja de investigadores pide a un camarero de «maneras hoscas» y «rudos modales» cuatro bombas y dos cervezas acompañadas de un par de tostadas de pan con tomate.

Cuando las bombas aterrizan sobre la mesa Vargas observa las apetitosas bolas de patata rebozadas y rellenas de carne picante: «Alicia ensartó una bomba con el tenedor y le hincó una dentellada feroz. En la calle la tormenta golpeaba con fuerza y el camarero se había asomado a la puerta para contemplar el aguacero. Vargas observó a Alicia devorar el festín».

Dejamos la Barceloneta y por el paseo Juan de Borbón llegamos a la torre de San Sebastián, que comunica por teleférico el puerto y la montaña de Montjuïc. Innovación de la Exposición del 29, «se elevaba a cien metros de altura en un amasijo de cables y acero que inducía al vértigo a simple vista. [...] El teleférico cruzaba la dársena del puerto desde aquella primera torre hasta una gran atalaya central con trazas de torre Eiffel que servía de meridiano y de la cual partían las cabinas suspendidas en el vacío en la segunda parte del trayecto hasta la montaña de Montjuïc, donde se ubicaba el corazón de la Exposición».

En una de esas cabinas suspendidas sobre el mar y la ciudad febril se encontrará David Martín con Andreas Corelli y más tarde se las verá con el inspector Grandes: «Una vez la puerta quedó trabada, la cabina continuó el trayecto. Emergimos de la torre de la dársena e iniciamos el último tramo de la travesía. Grandes se acercó a la ventana y contempló la visión de la ciudad, un espejismo de luces y brumas, catedrales y palacios, callejones y grandes avenidas entramadas en un laberinto de sombra».

El teleférico se va acercando a la montaña de Montjuïc, coronada por el castillo, que se alza «oscuro como un ave espectral, escrutando la ciudad a sus pies, expectante».

MONTJUÏC

El teleférico nos deja en los aledaños del actual hotel Miramar y desde allí podemos dar un largo paseo por Montjuïc. La montaña que corona el castillo aparece en *La Sombra del Viento*

PL. ESPANYA
MONTJUIC
3627

FUENTE MÁGICA Y PALACIO NACIONAL (MNAC)

y *El Juego del Ángel* en la persecución que protagonizan David Martín y el inspector Grandes. Estamos a dos semanas de la clausura de la Exposición; sus pabellones silenciosos recuerdan «las ruinas de una gran civilización olvidada. [...] A medida que ascendíamos por la carretera que rodeaba la montaña y serpenteaba hacia el Estadio Olímpico, Grandes fue ganando terreno hasta que pude distinguir claramente su rostro en el espejo. [...] Las grandes balaustradas de Miramar se abrían al frente con la ciudad tendida a nuestros pies».

EL CASTILLO

El castillo de Montjuïc alberga una sombría memoria que recorre desde el primer tercio del siglo XIX hasta los años de la guerra civil y la represión de la posguerra pasando por los procesos a raíz de la Semana Trágica de 1909. El temor que la fortaleza militar inspira a los barceloneses nace de una larga cronología represiva: el sábado 3 de diciembre de 1842, el general Espartero ordena al general Van Halen el bombardeo de la ciudad, que se ha sublevado contra su autoridad. Las troneras de la fortaleza escupen más de un millar de proyectiles, que causan destrozos en cuatrocientas casas.

El castillo «se había utilizado para bombardear la ciudad a cañonazos», pero en abril de 1939, cuando transcurre *El Prisionero del Cielo*, «la muerte anidaba allí en silencio y los barceloneses atrapados en la más larga noche de su historia preferían no alzar la vista al cielo para no reconocer la silueta de la prisión en lo alto de la colina».

En su etapa de pistolero de la FAI, Fumero daba el paseo a los desgraciados que se cruzaban en su camino en el sangriento verano revolucionario del 36; de anarcosindicalista a inspector de la Brigada Político-Social franquista. Con el cambio de camisa, Fumero siguió matando en las mazmorras del castillo.

Recién acabada la guerra civil, se pone al servicio del director del castillo-prisión, Mauricio Valls. Este malvado personaje barniza su sadismo criminal con el cultivo de la literatura mediocre y siente un profundo rencor hacia los que son mejores que él. Siniestras habitaciones con vistas a la muerte: «Cada quince días se celebraba un juicio militar sumarísimo y a los condenados se les fusilaba al alba. A veces el pelotón de fusilamiento no acertaba a alcanzar algún órgano vital a causa del mal estado de los fusiles o de la munición y los lamentos de agonía de los fusilados caídos en el foso se oían durante horas». En aquel año aciago de 1939 Fermín Romero de Torres va a dar con sus huesos en una de aquellas celdas oscuras, sin agua, ni ventilación… En las galerías infernales de Montjuïc se encuentra con David Martín, a quien todos conocen como el Prisionero del Cielo. Sus compañeros de cautiverio escuchan arrobados las historias que cuenta el autor de *La Ciudad de los Malditos*. Fermín lo reconoce y admira. En el silencio de las noches interminables y las madrugadas que presagian una muerte próxima Fermín escucha la voz de David Martín mientras este discute con alguien al que llama «señor Corelli». Aferrado a una vieja fotografía de Isabella, el escritor cuenta con el apoyo de Fermín, el joven carcelero Bebo y el doctor Román Sanahuja, jefe del Servicio de Medicina Interna del hospital Clínico: «Con los meses, el doctor Sanahuja acabó por tomar afecto a Martín y un día, compartiendo colillas, le contó a Fermín lo que sabía de aquel hombre al que algunos, bromeando sobre sus desvaríos y su condición de lunático oficial de la prisión habían dado en apodar “el Prisionero del Cielo”». Según el médico, Martín está obsesionado con *El conde de Montecristo*, porque ahí está la clave para escapar del castillo de Montjuïc. La idea no caerá en saco roto y Fermín tomará buena nota...

En la celda donde está preso, David Martín regala a sus compañeros de cautiverio la historia que lleva por título «Rosa de Fuego», uno de los relatos de *La Ciudad de Vapor*. En el siglo XV un bajel procedente de tierras de Oriente encalla ante la Muralla de Mar... Entre los pasajeros, el moribundo Edmond de Luna, único superviviente de la travesía. El impresor Raimundo de Sempere se verá obligado, «bajo amenaza de tormento» por parte del inquisidor Jorge de León, a traducir el cuaderno de Luna, conocido como el «hacedor de laberintos». Sempere acaba en una mazmorra de la que consigue huir, y se acerca a la Muralla de Mar para rebuscar en los restos del naufragio: «El salitre había carcomido parte del trazo, pero los planos del gran laberinto de los libros seguían intactos tal y como Edmond de Luna lo había proyectado».

Al final, la montaña conjuga la vida y la muerte; la memoria funeraria de Barcelona y su renacimiento olímpico. Desde el teleférico, entre el puerto y Montjuïc, la ciudad de las bombas, los prodigios y las maldades, «un espejismo de luces y brumas, catedrales y palacios, callejones y grandes avenidas entramadas en un laberinto de sombra». Como exclama el inspector Grandes: «La ciudad de los malditos [...]. Cuanto más de lejos se ve, más bonita parece».

Hay calles que se recorren, se pasean incluso. Otras simplemente se patean. El barcelonés es una criatura *pateona* (que se cocina con las mismas letras que peatona) por excelencia, y las aceras de este distrito probablemente se cuentan entre las más pateadas del hemisferio norte. De chaval realicé mi enérgica contribución al desgaste del pavimento de este umbral del Ensanche y aún hoy, cuando vuelvo por allí, me cuesta no ver de nuevo, oler y sentir este choque entre la ciudad vieja y la moderna tal y como lo recuerdo en la década de los setenta del siglo pasado. Parte de la mugre grisácea y siniestra que lo cubría, al menos la visible, ha migrado y ha sido sustituida por otra de corte más sintético, pero para mí —como decían en las viejas películas— sus calles siguen tocando la misma canción.

CARLOS RUIZ ZAFÓN

CATALUÑA UNIVERSIDAD ENSANCHE

DESPACHOS DE INTRIGAS

HOTEL COLÓN EN PLAZA DE CATALUÑA

«Al llegar a la plaza de Cataluña advertí que una bandada de palomas se había congregado en el centro de la plaza. Lo cubrían todo, como un manto de alas blancas que se mecía en silencio. Pensé en rodear el recinto, pero justo entonces advertí que la bandada me abría paso sin alzar el vuelo. Avancé a tientas, observando cómo las palomas se apartaban a mi paso y volvían a cerrar filas tras de mí. Al llegar al centro de la plaza escuché el rumor de las campanas de la catedral repicando la medianoche.»

La Sombra del Viento, Carlos Ruiz Zafón

RUTA I:

1 Plaza de Cataluña. Hotel Colón (edificio Banesto).
2 *La Vanguardia* (calle Pelayo, 28).
3 Acceso Ferrocarriles de la Generalitat.
4 Plaza Universidad.
5 Universidad de Barcelona.
6 Sombrerería Fortuny (La Torre) (ronda de San Antonio, 63).

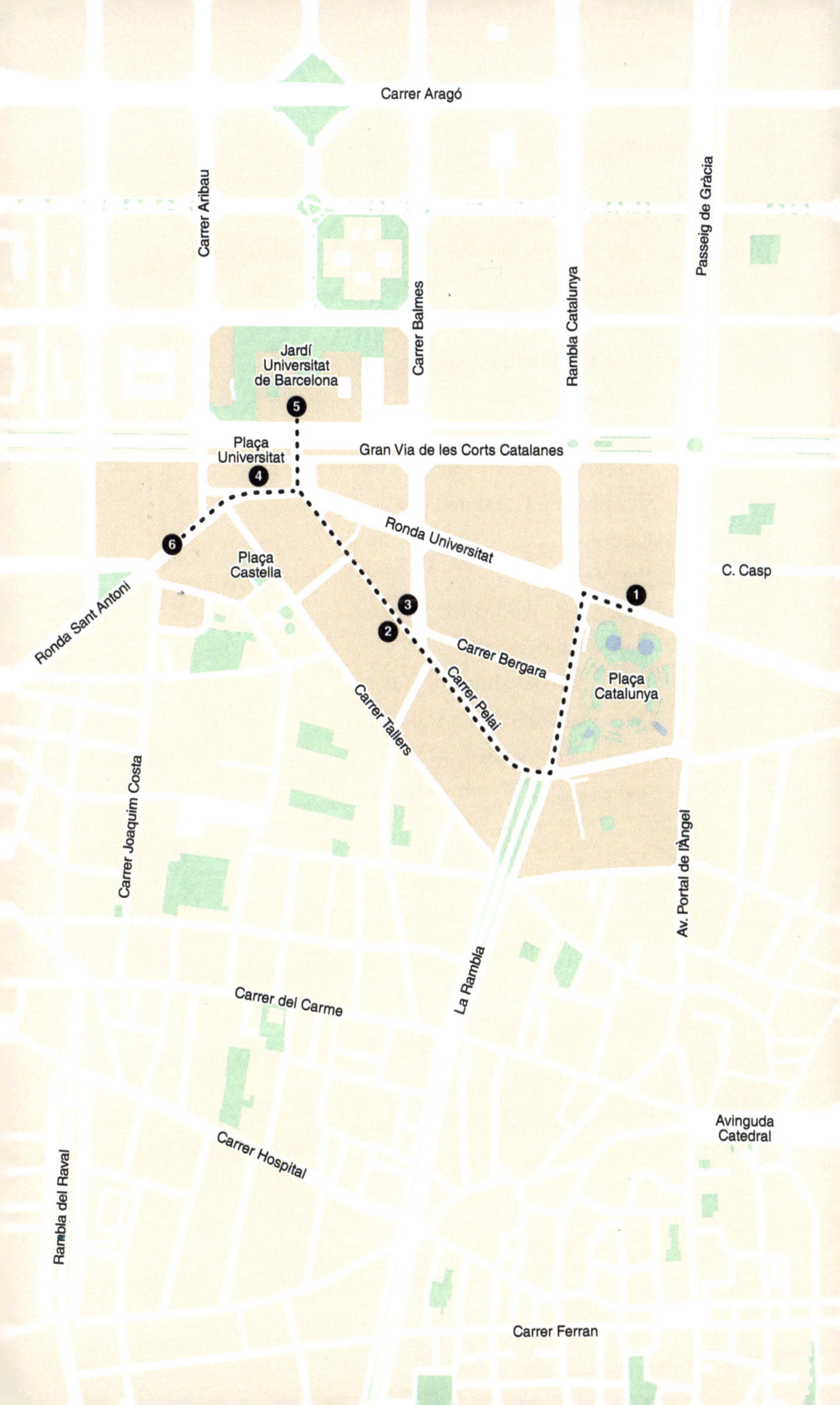

Carrer Aragó
Carrer Aribau
Passeig de Gràcia
Carrer Balmes
Rambla Catalunya
Jardí Universitat de Barcelona
5
Plaça Universitat
Gran Via de les Corts Catalanes
4
Ronda Universitat
6
Plaça Castella
C. Casp
1
3
2
Ronda Sant Antoni
Carrer Bergara
Plaça Catalunya
Carrer Pelai
Carrer Tallers
Carrer Joaquim Costa
Av. Portal de l'Àngel
La Rambla
Carrer del Carme
Avinguda Catedral
Carrer Hospital
Rambla del Raval
Carrer Ferran

RUTA 2:

1 Casa Rocamora.
2 Café Novedades (calle Caspe, 1) y teatro Tívoli (Caspe, 8).
3 Colegio de los jesuitas (calle Caspe, 25).
4 Cine Fémina (paseo de Gracia, 23).
5 Colmado Quílez (Rambla de Cataluña, 63).
6 Vestíbulo del cine Alexandra (Rambla de Cataluña, 90).
7 Círculo Ecuestre (Balmes, 169).
8 Bar Velódromo.
9 Colegio de Abogados (calle Mallorca, 283).
10 Despacho del abogado Valera (avenida Diagonal, 442).
11 Casa del abogado Valera (calle Ausiàs March, 28).

Travessera de Gràcia
Via Augusta
C. Gran de Gràcia
C. del Torrent de l'Olla
Passeig de Sant Joan
C. de Bailén
Carrer París
Avinguda Diagonal
C. Santa Teresa
Plaça Joan Carles I
Carrer Còrsega
Carrer Muntaner
C. Rosselló
Carrer Balmes
C. Rosselló
C. Girona
Carrer Provença
Ptge. Mercader
C. Bruc
C. Mallorca
Passeig de Gràcia
Ptge. Camps Elisis
C. València
C. València
Carrer Aragó
Carrer Aragó
Carrer de Pau Claris
C. de Roger de Llúria
Carrer Consell de Cent
Carrer Consell de Cent
Rambla de Catalunya
Carrer Diputació
Carrer Diputació
Gran Via de les Corts Catalanes
Plaça de Tetuan
Ronda Universitat
Carrer Casp
Plaça Catalunya
C. Bruc
Passeig de Sant Joan
C. dels Tallers
La Rambla
Av. Portal de l'Àngel
Via Laietana
Passeig de Lluís Companys
1
2
3
4
5
6
7
9
10
11

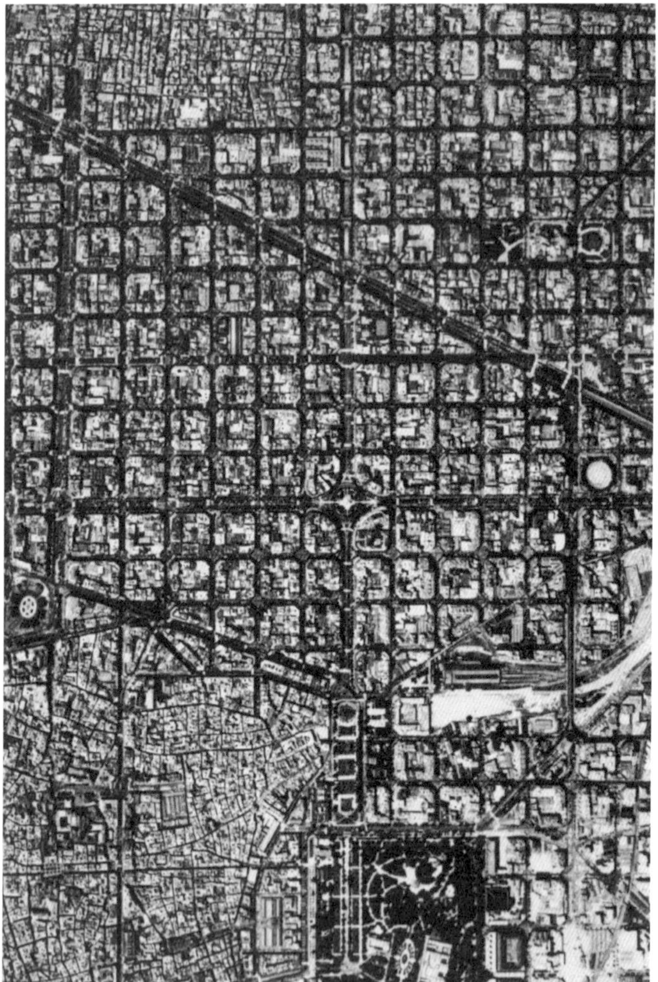

VISTA AÉREA DEL ENSANCHE

Con el derribo de las murallas medievales a mediados del siglo XIX se expandía la Barcelona moderna, gracias al proyecto del ingeniero y urbanista Ildefons Cerdà, que diseñó el Ensanche con una perspectiva racionalista y una cuadrícula geométrica con chaflanes para la carga y descarga, amplias calzadas y unas aceras cuya anchura brindó perspectiva a los edificios modernistas. Con el paseo de Gracia como línea divisoria, el Ensanche está limitado al norte por la Diagonal y las calles Córcega y San Antonio María Claret; al oeste, por la avenida Josep Tarradellas y la calle Tarragona; al sur por el Paralelo, la ronda de San Antonio y la plaza de Cataluña, y al este, por la avenida Meridiana, la plaza de las Glorias Catalanas y la calle Dos de Mayo.

RUTA 1
PLAZA DE CATALUÑA-HOTEL COLÓN

Si existe un paisaje cambiante en Barcelona es la plaza de Cataluña. En los años que evoca Ruiz Zafón en sus novelas la plaza era todavía un cruce de caminos y de propuestas urbanísticas. Entre sus edificios burgueses destacaba el hotel Colón, que siempre albergó huéspedes de alta alcurnia y tertulias de relumbrón intelectual y social, un marco perfecto para espías con glamur en la guerra europea y un elenco cosmopolita de la Exposición de 1929. Como escribió el periodista Josep Maria Planes en *Nits de Barcelona*, si un recién llegado a la ciudad quiere dedicarse a una vida amable y de placer, lo mejor es llevarlo al Colón.

La cantante Eva Irinova recuerda cómo conoció a Mijail Kolvenik. Había llegado con poco más de veinte años con su compañía. Un caballero distinguido la iba a ver todas las noches. Intimaron y se comprometieron. Mijail contrató a uno de los mejores arquitectos para que construyese una gran mansión junto al parque Güell. Mientras duraron las obras, la pareja ocupó toda una planta del hotel de la plaza de Cataluña: «Los joyeros de Bagués me visitaban en mis habitaciones. Los mejores modistos tomaban mis medidas para crearme un guardarropía de emperatriz. [...] Gentes a quienes nunca había visto me saludaban con reverencias en la calle o en el vestíbulo del hotel».

En *La Sombra del Viento*, el hotel Colón reaparece al evocar la figura del indiano Jausà, que había hecho fortuna en Cuba y Puerto Rico y encargó en 1899 la construcción de El Ángel de Bruma, la casa que años después habitarán los Aldaya. Mientras se levantaba el caserón de la avenida del Tibidabo, Jausà ocupaba con su mujer norteamericana y una criada mulata varias habitaciones del lujoso Colón.

Escenario perfecto para intrigas conyugales, el hotel aparece en *Asesinato en el Círculo del Liceo*, la novela por entregas de Pedro Vidal. El aristocrático escritor de *El Juego del Ángel* urde un crimen pasional en la suite nupcial del Colón con una espía del zar de por medio. Aficionado a las ondas hertzianas, Vidal posee un estudio de radio en el torreón de Villa Helius, «un trasto del tamaño de un pequeño meteorito que había comprado meses atrás cuando se habían anunciado las primeras emisiones de Radio Barcelona desde los estudios camuflados bajo la cúpula del hotel Colón». Aunque en la novela la acción transcurre con unos años de antelación, la primera emisión radiofónica de España tuvo lugar, efectivamente, en la cúpula del hotel Colón en 1924 y correspondió a la emisora EAJ-1 de Radio Barcelona. Último refugio de los militares sublevados en 1936 y sede del PSUC en los violentos hechos de mayo de 1937, el Colón sufrió serios desperfectos durante la guerra civil. El paisaje de la plaza de Cataluña experimentaba su enésima metamorfosis. Desaparecía el Colón y en su lugar se alzaba el edificio del Banco Español de Crédito, que ahora se transforma de nuevo en hotel *first class*.

Frente al Colón, en la otra parte de la plaza de Cataluña, número 17, se inauguró en 1924 la librería Catalonia, que a partir de los años treinta se trasladaría a la ronda de San Pedro y su solar se dedicaría a la construcción del Banco de España. Fundada por Antoni López Llausàs, la Catalonia fue innovadora dentro del comercio librero, editó revistas como *D'Ací i d'Allà* e *Imatges* y publicó novelas representativas de los años veinte así como el diccionario Fabra de la lengua catalana. Ante su escaparate, David Martín contempla embobado el gran número de ejemplares que se han puesto a la venta de *La casa de las cenizas* de Pedro Vidal, al que ve como un usurpador en el terreno social, sentimental y literario. Constata indignado cómo el artero Vidal se ha aprovechado de una historia que él le había contado tiempo atrás: «Me decidí a entrar y solicité un ejemplar. Lo abrí al azar y empecé a releer pasajes que conocía de memoria y que había terminado de pulir apenas hacía un par de meses. No encontré ni una sola palabra en todo el libro que yo no hubiese puesto allí, excepto la dedicatoria: "*Para Cristina Sagnier, sin la cual...*"».

Otra dirección histórica de la plaza de Cataluña, en el número 22, es la Maison Dorée, restaurante de alto copete de aquella Barcelona. Proyectada en 1905 por August Font i Carreras, fue fundada por los franceses hermanos Pompidor, que instauraron el ambiente de los cafés de París y la tradición del *five o'clock tea*. En 1918 la Banca Arnús adquirió el

LA MAISON DORÉE

inmueble, que acabó derribando para instalar su sede central (transformada en el Banco Central, hoy alberga los almacenes Sfera).

En una crepuscular Maison Dorée Pedro Vidal invita a David Martín a compartir un almuerzo: «Me esperaba en la mejor mesa de la sala, jugueteando con una copa de vino blanco en las manos y escuchando al pianista que acariciaba una pieza de Enrique Granados con dedos de terciopelo».

En ese restaurante se visualiza la diferencia social entre Vidal y Martín. El aristócrata le confiesa que su padre murió por culpa suya y que Cristina se va a casar con él. El universo sentimental del joven se derrumba. Cuando el camarero deposita en la mesa los entrantes deseando «Bon appétit», David se levanta y se va. Ya en la Rambla, se detiene ante los escaparates de la joyería Bagués, que hace esquina con la calle del Carmen, «fingiendo mirar medallones de oro en forma de hadas y flores, salpicados de rubíes».

Herido de amor, se encamina a los almacenes El Indio, donde trabaja su madre.

En el arranque del paseo de Gracia —número 6— podemos admirar la Casa Rocamora. Proyectada por los arquitectos Joaquín y Buenaventura Bassegoda, y construida entre 1914 y 1917, compone una arquitectura de pináculos y torreones que le aportan una fisonomía de castillo medieval. En *El Laberinto de los Espíritus*, el inspector Vargas se planta ante el edificio: va a entrevistarse con Sanchís, director general de Metrobarna, sociedad limitada de capital inmobiliario. Antes de entrar en el edificio, se detiene un instante en la esquina «a contemplar el espectáculo de tribunas, galerías y geometrías bizantinas».

Un ascensor le conduce hasta las oficinas. Después de recorrer un largo pasillo «flanqueado por despachos ampulosos», repleto de estatuas, cuadros y alfombras accede a la sala de juntas y aguarda la comparecencia de Sanchís. El policía examina detenidamente la lujosa estancia: «Probablemente solo el precio de la alfombra a sus pies superaba con creces su sueldo de varios años. Vargas rodeó la mesa de juntas acariciando el roble lacado con los dedos y absorbiendo el perfume de lujo y pompa del lugar. [...] La sala estaba decorada con numerosos retratos de diferente tamaño. La mayoría era fotografías, pero también había óleos y apuntes al carbón firmados por una selección de retratistas oficiales y de prestigio de las últimas décadas».

Después de su entrevista con el director general, este le acompaña hasta la salida. El inspector repara en un portón de madera labrada que da acceso a una biblioteca con vistas al paseo de Gracia. Sanchís le invita a pasar; quiere que vea sus tesoros bibliográficos, ejemplares únicos de los si-

REDACCIÓN DEL DIARIO *LA VANGUARDIA*
EN LA CALLE PELAYO

glos XVIII y XIX: «La biblioteca se extendía en una galería versallesca que parecía ocupar todo el lateral del edificio. El suelo y el techo estaban cubiertos de madera pulida tan brillante que parecían dos espejos enfrentados en los que las columnas de libros se multiplicaban hasta el infinito».

LA VANGUARDIA

Desde la plaza de Cataluña y la cabecera de la Rambla se accede a la calle Pelayo, que va a morir a la plaza Universidad. En el número 28 tenía su dirección el diario barcelonés por excelencia: *La Vanguardia*. Fundado en 1881 por los igualadinos Carlos y Bartolomé Godó, el rotativo es historia viva de la ciudad. La fachada de suave estilo modernista proyectada por Josep Majó Ribas en 1903 sigue ahí, pero el uso del edificio ha pasado de la redacción periodística a la recepción turística del hotel Catalonia Ramblas. Echamos en falta aque-

FERROCARRILES CATALANES EN LA CALLE PELAYO

lla puerta giratoria de buena madera que parecía dar paso a la crónica de los días, aunque nos queda la literatura.

David Martín visita el rotativo, al que se accede por Pelayo, y en su parte posterior, por la calle Tallers. Acompañado de su jefe, don Basilio, penetrará en los archivos del periódico, «ubicados en uno de los sótanos del edificio, bajo la planta que albergaba la gran maquinaria de la rotativa, un engendro de tecnología posvictoriana que parecía un cruce entre una monstruosa locomotora de vapor y una máquina de fabricar relámpagos». Los archivos de *La Vanguardia*, actualmente digitalizados en la nueva sede de Diagonal, conformaban «un laberinto de corredores formados por estantes de tres metros de altura». David busca en esos legajos la noticia de la muerte del abogado Marlasca, acaecida en noviembre de 1904. Entre esquelas y noticias de la época, da con el nombre de la persona que investigó aquel turbio asunto: Ricardo Salvador. Como recompensa por la información, baja a la calle Tallers y en un estanco próximo compra un par de exquisitos habanos para sus benefactores: «El conde se lo pague a ustedes», les espeta con ironía.

Enfrente de la antigua sede de *La Vanguardia*, en la confluencia de las calles Pelayo y Balmes, se halla la boca de acceso a los ferrocarriles catalanes —actualmente, de la Generalitat—, que David toma cuando sube a Sarriá. En la época de *El Juego del Ángel*, el tren circula todavía por la superficie: David se sienta al frente del vagón, «a contemplar la ciudad y las calles tornarse más amplias y señoriales cuanto más se alejaba uno del centro».

PLAZA UNIVERSIDAD

A pocos pasos de Pelayo, la plaza Universidad toma el nombre de la institución que proyectó con estilo neomedieval el arquitecto Elías Rogent. En *La Sombra del Viento*, el librero Sempere lleva un pedido a Javier Velázquez, profesor de la Facultad de Letras. Su despacho se encuentra en el segundo piso, «al fondo de una galería con embaldosado ajedrecístico y luz en polvo que daba al claustro sur». Con fama de donjuán, seductor de alumnas estéticamente aventajadas, Velázquez imparte clases a Bea.

En los años cincuenta esa facultad acogió las citas en voz baja de una generación apesadumbrada por la posguerra que inspiró pasajes de *Nada*, la novela de Carmen Laforet; en el patio de Letras, el estanque de nenúfares y peces rojos conserva ese microclima. También podemos rememorar encuentros vividos o soñados en el espléndido jardín botánico de la parte posterior de la universidad, con sus bancos de hierro forjado preparados para la lectura: una isla de paz y gatos sigilosos entre la Gran Vía y las calles Aribau y Diputación.

Bea ha quedado con Daniel una tarde fría. El joven viene de ver a Nuria Monfort en la melancólica San Felipe Neri y accede a la plaza Universidad por el «angosto cañón de penumbras» de la calle Tallers con paso vivo; la universidad emerge ante sus ojos «como un buque ocre varado en la noche». Penetra en el recinto y observa al portero leyendo *El Mundo Deportivo*. Apenas quedan estudiantes y el silencio se impone en aquellas naves góticas que transportan a los siglos de Petrarca y Garcilaso. «El eco de mis pasos me acompañó a través de los corredores y galerías que conducían al claustro, donde el rubor de dos luces amarillentas apenas inquietaba la penumbra.»

Daniel no entiende por qué le ha citado Bea precisamente allí: «Las hojas de los naranjos del claustro parpadeaban como lágrimas de plata y el rumor de la fuente serpenteaba entre los arcos». En el patio conversará con la bella joven. Hablarán de ellos, de sus malentendidos y de Julián Carax... Las afinidades electivas harán el resto: «Dejamos la universidad bajo un cielo encendido de moretones. Caminábamos sin rumbo fijo, más por acostumbrarnos al paso del otro que por llegar a algún sitio».

SOMBRERERÍA FORTUNY

Salimos de la universidad, atravesamos la Gran Vía y la plaza Universidad rumbo a la ronda de San Antonio. En la esquina, la tienda de géneros de punto y ropa interior La Torre es en *La Sombra del Viento* la sombrerería que regenta el padre de Julián Carax, el señor Antoni Fortuny.

TIENDA LA TORRE (RONDA DE SAN ANTONIO, 63)

El establecimiento que visita Daniel Sempere «languidecía al pie de un angosto edificio ennegrecido de hollín y de aspecto miserable [...]. Todavía podían leerse las letras grabadas sobre los cristales empañados de mugre, y un cartel en forma de bombín seguía ondeando en la fachada, prometiendo diseños a medida y las últimas novedades de París». La Torre cuenta con dos entradas, por el número 63 de la ronda de San Antonio y el 4 de plaza Universidad. Sus escaparates de tono granate y vidrieras biseladas parecen preservar el aire de otro tiempo, solo que en lugar de sombreros veremos camisetas, bodis, calzoncillos y calcetines. En cuanto a la fachada, de sobriedad neoclásica, fue restaurada y aparece desprovista del deterioro novelesco.

Daniel penetra con la portera en el piso que habitó Fortuny y donde murió en soledad. Allí, junto a la butaca donde expiró, halla una caja con fotografías en blanco y negro de Fortuny y Sophie Carax. En ese piso, el sombrerero despreció a aquella mujer que había engendrado un hijo que no era de su sangre. Ignoraba a Sophie y leía las Sagradas Escrituras hasta bien entrada la madrugada. En aquella casa, Julián aprendió a dibujar, a escribir y a tocar el piano, gracias a las clases de aquella madre que tuvo amores clandestinos con el aristocrático Ricardo Aldaya. En ese piso, Julián Carax estuvo escondido en los días de la revolución del 36 y allí se encontraba con Nuria Monfort y su marido, el periodista del *Diario de Barcelona* Miquel Moliner, quien ofrece a Julián la posibilidad de un cambio de identidad para que salve la vida y el malvado Fumero no dé con él.

La pesquisa de Daniel Sempere le conduce hasta la habitación de Julián, repleta de crucifijos. En el escritorio reposa una pila de cuadernos, lápices y plumas y la imagen de una muchacha en el suntuoso jardín de la torre de El Frare Blanc, en la avenida del Tibidabo. «Te quiere, Penélope», reza la dedicatoria.

RUTA 2
CAFÉ NOVEDADES/TEATRO TÍVOLI/ CINE FÉMINA

Desde la plaza de Cataluña podemos tomar otra ruta. En el Novedades del primer número de la calle Caspe (esquina paseo de Gracia) hubo en otro tiempo billares, baile, café y cine. Hoy es un anodino edificio de oficinas. El padre de Daniel Sempere lleva a merendar al antiguo Novedades a Fermín Romero de Torres para que no pase solo la tarde del domingo.

Justo enfrente, no puede pasar desapercibido el amplio vestíbulo del teatro Tívoli. En un rincón de esta bella y lujosa construcción edificada en 1919, gracias a los capitales que reportó la neutralidad española en la Primera Guerra Mundial, tiene su despacho el abogado Brians. Joven y con cierto aire bohemio, se encarga de la defensa de David Martín. Su despacho y vivienda, que huele a galletas saladas y café, se encuentra «en un cuartucho suspendido en el ático del edificio que albergaba el gran teatro Tívoli, al final de un pasillo sin luz». Allí va a verlo Fermín para conocer cómo lleva el caso y deducir que su interlocutor no responde a la imagen convencional del abogado. Desde que aceptó la defensa de Martín, Brians ha caído en el ostracismo. Ha tenido que dejar el prestigioso bufete del paseo de Gracia en el que trabajaba y ha perdido a sus mejores clientes: «Los pocos que me siguieron son los que no tienen un céntimo para pagar mis honorarios».

Por la misma calle Caspe, una vez pasado Pau Claris, nos encontraremos a la izquierda con la severa mole del colegio de los jesuitas, institución educativa en cuyas aulas se educaron los cachorros de la burguesía barcelonesa. Allí estudia Daniel Sempere y conoce al hermano de Bea, Tomás, en una típica pelea colegial.

Volvemos con Sempere y Romero de Torres: suben por el paseo de Gracia hasta el cine Fémina, el número 23, en la esquina de Diputación. «Uno de los acomodadores era amigo de mi padre y nos dejaba colarnos por la salida de incendios de platea a medio No-Do», recordará Daniel. El Fémina ardió en 1991; como otras salas de exhibición cinematográfica, el incendio conllevó su desaparición y reconversión inmobiliaria. El nuevo solar es ahora un bloque de pisos, y el vestíbulo acoge hoy una tienda de moda.

Siguiendo por Diputación se llega a la Rambla de Cataluña. En un piso vacío de ese tramo de construcciones burguesas, Ricard Aldaya y Sophie se encontraron furtivamente durante noventa y seis días, cada martes y jueves a las tres de la tarde.

Rambla de Cataluña arriba, en el chaflán con Aragón, abre sus puertas el Colmado Quílez (fundado en 1908 por la familia Vilaseca), tienda famosa por la profusión de productos, a la que se refiere David Martín cuando lo compara con el colmado de los padres de Isabella en la calle Mirallers. Otro establecimiento con solera de la Rambla de Cataluña fue La Perla Gris, escaparate selecto de lencería femenina que estuvo en el vestíbulo del cine Alexandra: la pelirroja Bea compraba allí medias de seda.

CONFITERÍA MAURI

Si atravesamos el pasaje de la Concepción, en la esquina del paseo de Gracia, podremos deleitarnos con los escaparates de Santa Eulalia, una de las *boutiques* de moda con más abolengo de Barcelona. Casa fundada en 1843 en el Pla de la Boquería de la Rambla, en los años cuarenta se trasladó a los números 60 y 93 del paseo de Gracia. Ante sus lujosos mostradores con grandes espejos comparece en 1957 la Bernarda. Acompañada de Bea, la criada de don Gustavo Barceló comprueba las hechuras de su atavío nupcial: «Dos modistas arrodilladas a sus pies seguían marcando el vestido de novia con docenas de alfileres bajo la atenta mirada de Bea, que caminaba en círculos alrededor de La Bernarda, con los brazos en cruz, casi no se atrevía a respirar, pero su mirada estaba atrapada en la variedad de ángulos que la cámara hexagonal revestida de espejos le devolvía de su silueta en busca de indicios de volumen en el vientre».

CÍRCULO ECUESTRE

Si remontamos la Rambla de Cataluña hasta la Diagonal esquina Balmes nos llamará la atención la pecera modernista del Círculo Ecuestre.

Ubicado desde 1947 en el palacete Pérez Samanillo —antes estuvo en el paseo de Gracia, donde actualmente se encuentra el hotel Mandarín—, el Ecuestre se asoma a la vida barcelonesa desde ese ventanal de las clases más pudientes: «En los albores del siglo XX, cuando el dinero aún olía a perfume y las grandes fortunas, más que heredarse, se escenificaban, un palacio modernista nacido del turbio romance entre el ensueño de los grandes artesanos y la vanidad de un potentado se precipitó al cielo y quedó encajado para siempre en el más improbable enclave de la *Belle Époque* barcelonesa».

En ese recinto del lujo burgués va Alicia al encuentro con el bibliófilo Gustavo Barceló en *El Laberinto de los Espíritus*: «Construida originalmente como vivienda familiar en unos tiempos en los que ya casi todas las familias de alcurnia se desprendían de sus palacetes, aquel poema a la abundancia mantenía sus trazas de arrecife parisino iluminando de cobre las calles desde sus ventanales y exhibiendo a los mortales sus escalinatas, salones y arañas de cristal sin pudor alguno».

Un «lacayo uniformado hasta las orejas» conduce a Alicia hasta el salón de lectura iluminada por un gran ventanal desde el que se divisa la Diagonal. Allí le aguarda don Gustavo: «Sentado en un butacón imperial y saboreando una copa de brandy del tamaño de una pecera, reposaba un caballero de rasgos y bigotes mayestáticos enfundado en un traje de tres piezas rematado por zapatos de dandi». Ambos buscarán respuestas en un ejemplar de *El Laberinto de los Espíritus* de Víctor Mataix.

Después de conversar en el Círculo Ecuestre con Barceló sobre las obras de Mataix, Alicia percibe que alguien la está siguiendo: «Al llegar al semáforo de la calle Rosellón se detuvo y se volvió un poco, peinando la calle a su espalda con una mirada casual y escrutando a las decenas de paseantes que habían salido a ramblear, a lucir el uniforme para ver y ser vistos allí donde correspondía».

Un tanto inquieta, la protagonista de *El Laberinto de los Espíritus* repara en las cristaleras de la confitería Mauri, «repletas de delicias presentadas con maestría para endulzar la melancolía otoñal de señoras de buena cuna».

Como otros establecimientos relacionados con la gastronomía, la confitería Mauri abrió en 1929, el año de la Exposición Internacional, en el número 102 de Rambla de Cataluña. El manresano Francesc Mauri i Ciuró puso su nombre a este local de ornamentos decimonónicos que en 1955 estuvo a punto de quedar reducido a cenizas. Conducida por una camarera «de semblante adusto y virginal» a una mesa junto a la ventana, Alicia observa a su alrededor: «La confitería Mauri siempre le había parecido un opulento fumadero de azúcar refinado al que se retiraban a conspirar damas de cierta edad y posición al amparo de exquisitas manzanillas y repostería al borde del pecado». Alicia pide a la camarera un café con leche y un massini de nata que ya la había cautivado al irrumpir en el establecimiento… «Mientras esperaba, encajó con sonrisa ausente las miradas que las matronas enjoyadas y blindadas en galas de Modas Santa Eulalia le lanzaban desde otras mesas, leyendo en sus labios los comentarios *sotto voce* que su presencia había conseguido inspirar.»

BAR VELÓDROMO

Atravesando la Diagonal desde el Círculo Ecuestre se llega a otro de los bares históricos de Barcelona: el Velódromo de Muntaner, 213. Inaugurado en 1933, con barandillas de caoba, altillo con billar y letras geométricas de inequívoco estilo *art déco*, el establecimiento acogió tertulias y fue escenario de la agitada vida política de los años republicanos.

El año 1937, en plena guerra civil, marca el trágico destino de Víctor Mataix en *El Laberinto de los Espíritus*. Revells, su editor de entonces, le ha invitado a comer en el Velódromo. Son tiempos de miedo y mucha hambre. Aquel encuentro queda inmortalizado en las *Memorias de Tinieblas* del escritor maldito: «El frontón acristalado del gran bar Velódromo se alzaba donde la calle Muntaner pierde su ladera noble, a apenas unos pasos de la Diagonal. Allí una luz de acuario y unos techos de catedral civil ofrecían asilo y salón de achicorias a quienes aún pretendían creer que la vida seguía, y mañana, el otro, sería otro día».

Revells le ofrece un sobre con dinero para que Mataix pueda mantener a su familia. El escritor maldito «apuraba su plato y empezaba a meterse los trozos de pan sobrantes en los bolsillos...».

REGISTROS DE INTRIGAS

Bajando por Rambla de Cataluña podemos tomar la calle Consejo de Ciento en dirección a la Vía Layetana y apostarnos ante lo que fue el Registro de la Propiedad, en el número 334 (hoy, un edificio de Núñez y Navarro). Allí se dirige David Martín en *El Juego del Ángel* para conocer el historial del inmueble de la calle Flassaders, 30.

Como decía Josep Pla, la verdadera historia de una sociedad se escribe en los registros notariales. Periodista y autor de intrigas policiales, David sabe también que cualquier asunto criminal, económico o sentimental «nace y muere con olor a dinero y a propiedad inmobiliaria». En el Registro indagará en los voluminosos tomos que «contienen casi tanta información esencial sobre las realidades de la vida como las obras completas de los más atildados filósofos, o más». En las sucesivas transacciones con fe notarial aparecerá el nombre del abogado Marlasca y el de otro picapleitos, un tal S. Valera.

VESTÍBULO DEL COLEGIO DE ABOGADOS
(CALLE MALLORCA, 283)

COLEGIO DE ABOGADOS

La siguiente estación indagatoria de David Martín es el Ilustre Colegio de Abogados de la calle Mallorca, 283, entre Pau Claris y Llúria, un auténtico palacete en pleno Ensanche, con fuentes ornamentales, parterres y una aristocrática entrada: «Ascendí las escalinatas custodiadas por arañas de cristal y lo que me pareció una escultura de la justicia con busto y maneras de estrella del Paralelo».

En sus archivadores, Martín busca la identidad completa de Valera. El hombrecillo con afable sonrisa que le atiende «se perdió en un laberinto de archivadores, murmurando por lo bajo». David aguarda su pedido en el mostrador, «paseando los ojos por aquel decorado que olía al contundente peso de la ley».

DESPACHO DEL ABOGADO VALERA

Seguimos con *El Juego del Ángel* y con David Martín. El nombre de pila de Valera es Sebastián y tiene un despacho en Diagonal, 442, en el ático «de un extravagante edificio modernista», cerca del paseo de Gracia. Como observa el narrador, «la finca, a falta de mejores palabras, parecía un cruce entre un gigantesco reloj de carillón y un buque pirata, tocado de grandiosos ventanales y un tejado de mansardas verdes. En cualquier otro lugar del mundo, aquella estructura barroca y bizantina hubiese sido proclamada una de las siete maravillas del mundo o un engendro diabólico obra de algún loco artista poseído por espíritus del más allá. En el Ensanche de Barcelona, donde piezas similares brotaban por doquier como tréboles tras la lluvia, apenas conseguía levantar una ceja».

CASA COMALAT

El edificio que tan irónicamente describe David Martín es la Casa Comalat, situada en el vértice de la Diagonal y la calle Córcega. Proyectada en 1906, fue construida entre 1909 y 1911 por el arquitecto Salvador Valeri i Pupurull, ya en la fase crepuscular del modernismo. Esa circunstancia puede explicar ciertos «excesos» decorativos y un manierismo gaudiniano en los balcones orgánicos al estilo de la Casa Batlló, la profusión de hierro forjado en las barandillas de los balcones, o la fantasiosa y verdosa torre en forma de gorro de arlequín.

La casa cuenta con dos accesos, y el posterior (calle Córcega) ofrece un agradable colorismo cerámico y una coctelería en los bajos, para seguir leyendo intrigas entre sorbos de bloody mary. Si no podemos contactar con Valera lo podemos ir a buscar con David Martín a su residencia. Por la calle Girona, en sentido descendente, llegaremos hasta el corazón del Quadrat d'Or, la joya de la corona del Ensanche barcelonés.

CASA DEL ABOGADO VALERA

En la esquina de las calles Girona y Ausiàs March, el abogado Valera tiene su domicilio particular. A David se le antoja un palacio, cuyas piedras habían sido forjadas «con la sangre y el aliento de generaciones enteras de barceloneses».

El edificio en cuestión podría ser el correspondiente al número 28 de Ausiàs March, con su puntiagudo tejado al modo de la Casa de les Punxes: «Ascendí las escalinatas sin prisa bajo la mirada atenta del portero. El rellano del piso principal era más amplio que la mayoría de las viviendas que recordaba de mi infancia en el viejo barrio de la Ribera, a apenas unos metros de allí. El aldabón de la puerta era un puño de bronce».

Frente a la novelesca casa de Valera abren sus puertas establecimientos de regusto antiguo, como el colmado Serra y la farmacia modernista Nordbeck, en el 31 de Ausiàs March. En el otro chaflán, otro edificio amplio pero más sobrio y convencional alberga la Escola d'Administració Pública de la Generalitat.

La finca se encuentra actualmente en proceso de rehabilitación y transmite al atardecer la sensación de una mansión fantasma.

HOTEL RITZ

A una esquina de Ausiàs March remontamos la calle Roger de Llúria. En la confluencia con Gran Vía, a mano derecha, nos topamos con el hotel Ritz, que en estos momentos ostenta la denominación de Palace Barcelona. Construido en 1919 como residencia regia y punto de encuentro de visitantes ilustres, por sus habitaciones han pasado personalidades tan diversas como el siniestro fundador de las SS, Heinrich Himmler —que en 1940 perdió una cartera de misterioso contenido—, o el divertido director de orquesta Xavier Cugat, que hizo del Ritz la residencia permanente de sus dibujos y sus chihuahuas. En su lujosa parrilla el músico Bernard Hilda dirigía en los primeros años de posguerra una orquesta que combinaba las tonadas bailables con las contraseñas a favor de la causa aliada en una Barcelona acechada por los partidarios del Tercer Reich. Desde 1944 el Ritz será el escenario, cada 6 de enero, de la entrega del prestigioso premio de novela Eugenio Nadal.

En ese Ritz capaz de albergar eventos ilustres e intrigas políticas, Daniel Sempere tendrá en 1957 un encontronazo con un tal Pablo Cascos Buendía. Antiguo prometido de Bea, le ha enviado a ella una carta para que se encuentre con él en una habitación del hotel. Pero no será Bea quien acuda sino Daniel. Porque, además de exnovio de su esposa, Cascos Buendía trabaja en una editorial propiedad de Mauricio Valls.

Al entrar en el Ritz, recibido con una leve reverencia por el portero, Daniel se siente impresionado por el dorado vestíbulo «con su aire de escenario de intriga de espionaje y gran romance». La obsesión por encontrar a su antagonista y el temor de hallarlo acompañado de Bea le mueve a buscar por todas las dependencias del hotel. Ante la negativa del maître a dejarlo pasar al comedor sin reserva, Daniel se va directo al ascensor. Tras apearse en el séptimo piso, vaga «por ampulosos corredores desiertos» en busca de la suite Continental, donde se hospeda el enemigo. Cuando da por fin con la habitación y Cascos Buendía abre la puerta, Daniel le lanza un puñetazo digno de Joe Louis: «Oí a Cascos caer en el suelo a mi espalda. La cama estaba hecha y un plato humeante estaba servido sobre la mesa, orientada frente a la terraza con vistas a la Gran Vía».

Aunque me crie y crecí a apenas una manzana de la Sagrada Familia, buena parte de mi infancia y primera juventud transcurrió en la otra esquina de la ciudad, entre las calles de Sarriá y de aquella otra vieja Barcelona que nunca fue del todo descubierta por los visitantes y a la que las guías turísticas no llegaron a catalogar pero que, por algún motivo, cada día me recuerda más a la ciudad real que al espejismo postolímpico de tan próspera y celebrada reputación. Antaño zona noble y adinerada, rincón residencial de familias de buen asiento y de inmobiliarias de local señorial, la llamada parte alta de la ciudad ha sobrevivido a la puñalada de rondas y especulación a trozos, dejando en su huida islas de una Barcelona señorial que ni todas las cámaras de seguridad que la vigilan hoy en día son capaces de captar. En buena medida, cuando pienso en mi Barcelona, éstas son las primeras calles que recuerdo y las últimas que, supongo, olvidaré.

CARLOS RUIZ ZAFÓN

PEDRALBES
SARRIÁ
VALLVIDRERA
TIBIDABO

LAS MANSIONES DEL MISTERIO

VISTA GENERAL DEL BARRIO DE SAN GERVASIO

«Empezaba a anochecer cuando emergí de las escalinatas del metro. Desierta, la avenida del Tibidabo dibujaba una fuga infinita de cipreses y palacios sepultados en una claridad sepulcral. Vislumbré la silueta del tranvía azul en la parada, la campana del revisor segando el viento.»

La Sombra del Viento, Carlos Ruiz Zafón

1
C. de Panamà
C. Montevideo
Avinguda
Pearson
2
Ronda de Dalt
Av. d'Esplugues
Carrer de l'Abadessa Olzet
Carrer dels Cavallers
Av. de Pedralbes
C. del Gran Capità
Carrer de Dulcet
C. del Marquès de Mulhacén
C. de Tòquio
Ptge. Roserar
3
Av. Diagonal
C. Fernando Primo de Rivera
C. Jiménez i Iglesias
C. Pedro i Pons
Pl. de Pius XII
Av. del Doctor Marañón

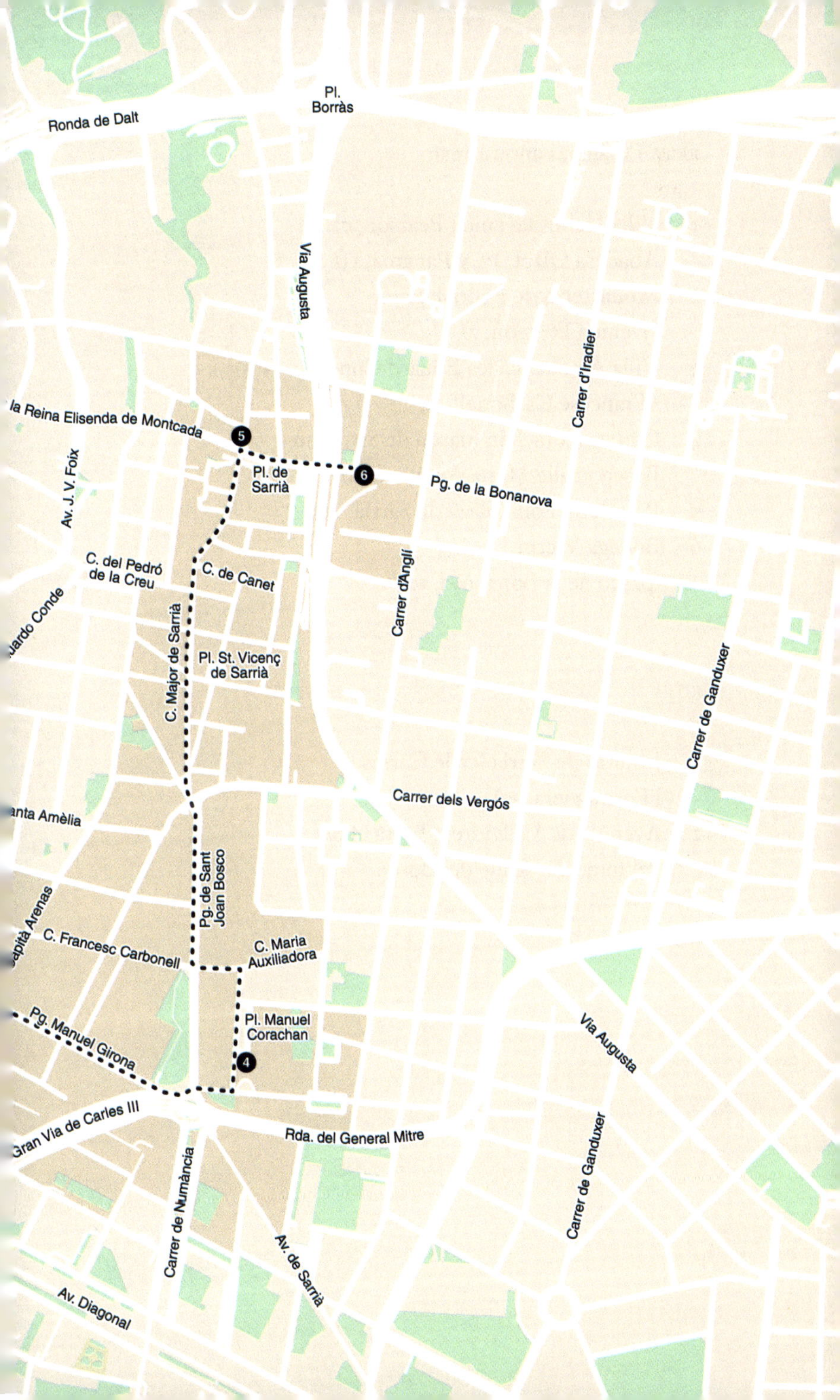
Pl.
Borràs
Ronda de Dalt
Via Augusta
Carrer d'Iradier
la Reina Elisenda de Montcada
5
6
Pl. de
Sarrià
Pg. de la Bonanova
Av. J. V. Foix
C. del Pedró
de la Creu
C. de Canet
Carrer d'Anglí
uardo Conde
C. Major de Sarrià
Pl. St. Vicenç
de Sarrià
Carrer de Ganduxer
Carrer dels Vergós
anta Amèlia
Pg. de Sant
Joan Bosco
apità Arenas
C. Francesc Carbonell
C. Maria
Auxiliadora
Pl. Manuel
Corachan
Pg. Manuel Girona
4
Via Augusta
Gran Via de Carles III
Rda. del General Mitre
Carrer de Ganduxer
Carrer de Numància
Av. de Sarrià
Av. Diagonal

RUTA 1 (páginas anteriores):

1 Villa Helius (avenida Pearson, calles Abadesa Olzet, 17, y Panamá, 13).
2 Monasterio de Pedralbes (avenida Pearson, 2).
3 Villa Amelia (calles Eduard Conde / Francesc Carbonell).
4 Clínica Corachán (paseo de San Juan Bosco / calle María Auxiliadora).
5 Pastelería Foix (plaza de Sarriá, 12).
6 Bodega Víctor (paseo de la Bonanova, 105).

RUTA 2:

1 Jesuitas de Sarriá (calle Carrasco i Formiguera, 32).
2 Avenida de Vallvidrera hasta el pie del funicular (calle del Bosc).

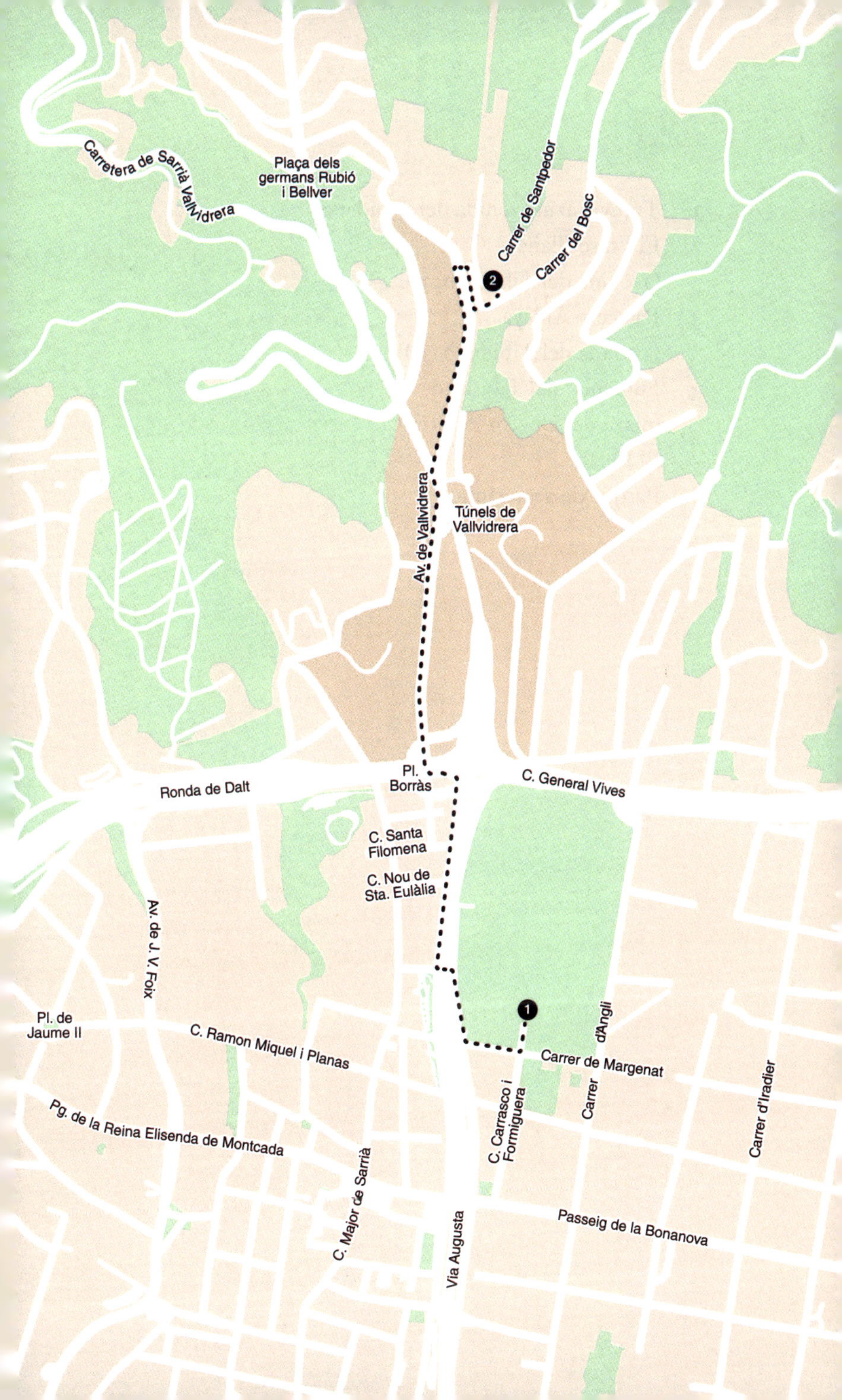
Carretera de Sarrià Vallvidrera
Plaça dels germans Rubió i Bellver
Carrer de Santpedor
Carrer del Bosc
2
Av. de Vallvidrera
Túnels de Vallvidrera
Ronda de Dalt
Pl. Borràs
C. General Vives
C. Santa Filomena
C. Nou de Sta. Eulàlia
Av. de J. V. Foix
1
Pl. de Jaume II
C. Ramon Miquel i Planas
Carrer d'Angli
Carrer de Margenat
Pg. de la Reina Elisenda de Montcada
C. Carrasco i Formiguera
Carrer d'Iradier
C. Major de Sarrià
Via Augusta
Passeig de la Bonanova

RUTA 3:

1 Tranvía azul avenida del Tibidabo.
2 El Frare Blanc
(avenida del Tibidabo, 31).
3 Palacete Aldaya
(avenida del Tibidabo, 32).
4 Funicular del Tibidabo
(plaza del Doctor Andreu).
5 El Pinar.
6 Parque de atracciones.

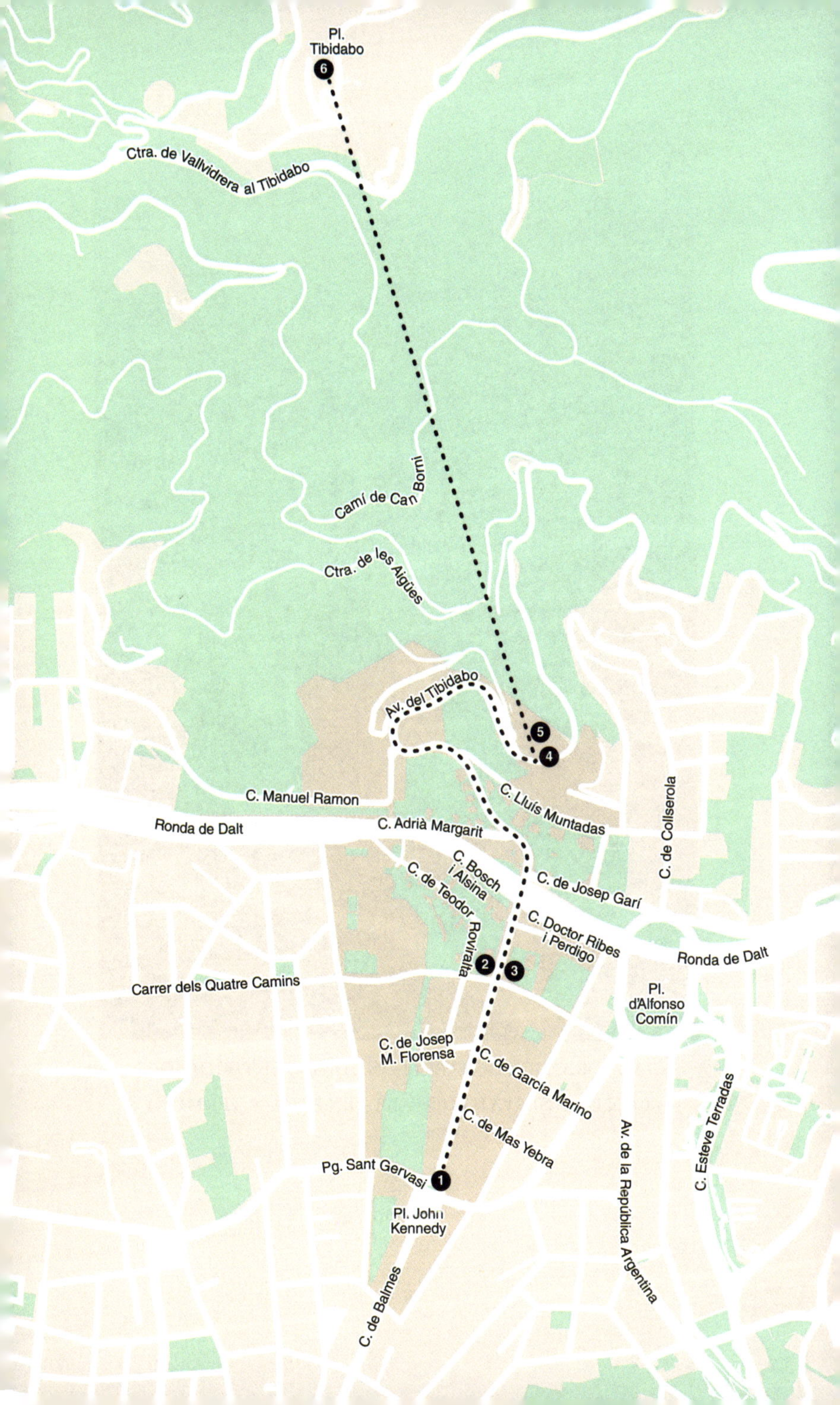

Pl. Tibidabo
6
Ctra. de Vallvidrera al Tibidabo
Camí de Can Borni
Ctra. de les Aigües
Av. del Tibidabo
5
4
C. Manuel Ramon
C. Lluís Muntadas
Ronda de Dalt
C. Adrià Margarit
C. Bosch i Alsina
C. de Teodor Roviralta
C. de Josep Garí
C. de Collserola
C. Doctor Ribes i Perdigo
Ronda de Dalt
2
3
Carrer dels Quatre Camins
Pl. d'Alfonso Comín
C. de Josep M. Florensa
C. de García Marino
C. de Mas Yebra
Av. de la República Argentina
C. Esteve Terradas
Pg. Sant Gervasi
1
Pl. John Kennedy
C. de Balmes

PANORÁMICA DE BARCELONA DESDE EL TIBIDABO,
CON EL OBSERVATORIO FABRA EN PRIMER TÉRMINO

Situada al pie del parque de Collserola, la montaña de la ciudad, la zona que agrupa Pedralbes, Sarriá, San Gervasio y el Tibidabo es el resultado de la agregación a Barcelona de varios municipios a finales del siglo XIX y principios del XX. Sarriá constituye el centro neurálgico del distrito, con la avenida de Vallvidrera al norte, y Pedralbes al oeste. La avenida de la Bonanova conecta la plaza de Sarriá con el final de la calle Balmes, donde nace la avenida del Tibidabo. Este conjunto de barrios configura la Barcelona residencial y de alto poder adquisitivo. Su cercanía al «pulmón verde» de Collserola explica la abundancia de antiguas mansiones de estilo burgués, la proliferación de edificaciones de alto standing y la ubicación de centros educativos de prestigio social y entidades sanitarias, deportivas y geriátricas.

RUTA 1
VILLA HELIUS-AVENIDA PEARSON-PEDRALBES

El Juego del Ángel toma impulso en la lujosa mansión modernista de Villa Helius, que se yergue orgullosa en la confluencia de las calles Abadesa Olzet, 17, y Panamá, 13. Allí reside Pedro Vidal, vástago del clan Vidal, una familia de alcurnia con palco en el Liceo que extiende sus redes económicas y sociales por toda la ciudad. «Villa Helius quedaba convenientemente situada a cinco minutos de la gran mansión paterna que dominaba el tramo superior de la avenida Pearson, un amasijo catedralicio de balaustradas, escalinatas y mansardas que contemplaba toda Barcelona a lo lejos como un niño contempla sus juguetes tirados.» Hijo de una familia de indianos enriquecidos con la electricidad, Vidal vive entre el cielo y la bohemia del periodismo y contempla el mundo desde el flamante Hispano-Suiza que conduce su chófer, Manuel Sagnier, el padre de Cristina, la joven de la que se enamorará perdidamente David Martín.

Las visitas de David a Villa Helius para encontrarse con Cristina menudearán. Trabará una estrecha relación con el propietario de la mansión, Pedro Vidal. En la calle Pelayo, el protagonista de *El Juego del Ángel* toma el tren de Sarriá y luego un tranvía le deja ante el monasterio de Pedralbes, el convento que fundó la reina Elisenda de Montcada, gótico puro del siglo XV. Desde allí remonta una avenida Pearson preurbanizada y no tarda en distinguir la silueta de la lujosa mansión: «A medida que ascendía la pendiente y me acercaba pude ver que Vidal estaba sentado en la ventana de su torreón en mangas de camisa y saboreando un cigarrillo». En sus visitas nocturnas, cuando llega a bordo del Hispano-Suiza de Pedro Vidal, David se queda deslumbrado ante Villa Helius, con «sus ventanales encendidos y proyectando una burbuja de oro candente sobre el crepúsculo».

Construida en 1866 por el arquitecto Antoni Rovira i Trias en la avenida en honor al pionero de la electricidad en Barcelona, el canadiense Pearson, Villa Helius ha experimentado diversas reformas con el pasar de los años. Su imagen definitiva data de un siglo y se debe a Manuel Joaquim Raspall, uno de los arquitectos más interesantes de la generación gaudiniana. Totalmente rehabilitada en su interior y destinada actualmente a pisos de gran lujo, la casa conserva sus señas de identidad modernista, como el hierro forjado de la puerta de acceso, el *trencadís* que le aporta tonos amarillos y las letras con arabescos que anuncia el rótulo de la entrada.

Descendemos por la serpenteante avenida Pearson para

retornar al monasterio de Pedralbes. Allí, ante la cruz que remata la avenida homónima y el pórtico con el escudo de armas de los Montcada, Pedro Vidal y Cristina Sagnier sellan su compromiso matrimonial. Alejado de la mujer que ama, David Martín intentará suicidarse con la pistola que le dejó su padre. Vidal le ha robado todo lo que daba sentido a su vida.

PARQUE DE VILLA AMELIA

Avenida de Pedralbes abajo tomaremos a la izquierda la calle Manuel Girona y subiremos por la calle Eduard Conde hasta los jardines de Villa Amelia, situados en la frontera del barrio de Pedralbes con Sarriá.

Por Villa Amelia pasean Óscar y Marina. Se dirigen a la mansión restaurada en centro cívico, el corazón del parque: «Uno de los antiguos salones albergaba ahora una cafetería. Nos sentamos a una mesa junto a un amplio ventanal». Fuera, unos niños intentan hacer volar una cometa.

A finales de los setenta, cuando transcurre la acción de *Marina*, el parque de Villa Amelia formaba un conjunto único. En 1986 fue reconvertido por los arquitectos José Antonio Martínez Lapeña y Elías Torres en dos espacios: los jardines de Villa Amelia —entre las calles Francesc Carbonell, Santa Amelia y Eduard Conde— y los de Villa Cecilia, que es donde se levanta una elegante casa de estilo neoclásico a la que se refiere el narrador de *Marina*, sede actual del centro cívico y archivo del distrito. Rodeadas de casas de planta baja y pisos de lujo, Villa Amelia y Villa Cecilia componen un frondoso laberinto de palmeras, setos, cipreses y bancos que asemejan patinetes gigantes.

VILLA HELIUS

Al salir del parque, por la calle Francesc Carbonell, accedemos al paseo de San Juan Bosco; lo atravesamos y, en la esquina de las Escuelas Salesianas, la estrecha calle de María Auxiliadora nos conduce hasta la clínica que fundó el doctor Manuel Corachán en 1924. Allí vive o sueña Daniel Sempere un 27 de noviembre de 1955 con tonos de *post mortem*: «La habitación era blanca, forjada de lienzos y cortinajes tejidos de vapor y de sol reluciente. Desde mi ventana se veía un mar azul infinito. Algún día, alguien querría convencerme de que no, que desde la clínica Corachán no se ve el mar, que sus habitaciones no son blancas ni etéreas y que el mar de aquel noviembre era una balsa de plomo fría y hostil...».

Por el paseo de San Juan Bosco arribamos a la plaza Artós. Una fuente sobre un bloque de piedra de 1873 marca el inicio de la calle Gran de Sarrià, el genuino corazón del barrio, donde palpita la vecindad de toda la vida en bares como el Tomás de las patatas bravas en el número 49 y la cocina tradicional de Casa Joana, en el 59. La silueta de la iglesia domina la plaza del *vell Sarrià*.

En la amplia cocina de la torre de Marina, Óscar ha desayunado unos cruasanes recién hechos en la pastelería que regentaba el poeta J. V. Foix en la confluencia del paseo de la Bonanova con plaza de Sarriá, a pocos metros del mercado modernista. Bombonería y confitería, con su elegante mobiliario de otro tiempo, trufas y sorbetes dignos de mención, Foix de Sarriá sigue abriendo sus puertas en un edificio que aúna la tradición *pairal* del reloj de sol con esgrafiados del *noucentisme*. El padre de Marina le pone a Óscar en bandeja los excelsos cruasanes de Can Foix: «Pruebe uno de éstos [...]. Es el Mercedes-Benz de los cruasanes. Y no se confunda, esto que ve aquí no es mermelada; es un monumento».

PASTELERÍA FOIX DE SARRIÁ

El cogollo de Sarriá preserva el microclima de la villa que fue, con sus colmados de toda la vida y el acento popular de la menestralía barcelonesa. Como recuerda Óscar, «en aquellos días la barriada de Sarriá conservaba aún el aspecto de pequeño pueblo varado a orillas de una metrópolis modernista». Aquel ambiente atrajo en los años setenta a escritores como Vargas Llosa o García Márquez. Vecinos de las calles Osi y Caponata, también visitaban la poética pastelería.

Óscar retornará con Marina a Foix y pasearán hasta San Gervasio. En el número 105 de la Bonanova se fijan en la bodega Víctor, cervecería y licorería con nombre y rótulo de resonancias paramilitares. En los años de la Transición, cuando transcurre la novela, el establecimiento lo frecuentaban los niños pijos con moto rugiente y Ray-Ban. En la actualidad es un bloque de pisos.

El doblar de las campanas de la iglesia de Sarriá acompasará la última Nochevieja de Óscar y Marina; los dos jóvenes brindan entre susurros en un invierno helado que parece presagiar la ceremonia del adiós.

RUTA 2
COLEGIO DE LOS JESUITAS DE LA BONANOVA

No olvidemos que el protagonista de *Marina* es un muchacho de quince años que combate el tedio del internado con el ansia de vivir aventuras por territorios ignotos. Y eso se consigue dando rienda suelta a la imaginación. Al majestuoso colegio de Óscar, los jesuitas de Sarriá, se llega por la calle Carrasco i Formiguera, una de las que ascienden desde el paseo de la Bonanova. «Su monumental fachada sugería más un castillo que una escuela. Su angulosa silueta de color arcilloso era un rompecabezas de torreones, arcos y alas en tinieblas. El colegio estaba rodeado por una ciudadela de jardines, fuentes, estanques cenagosos, patios y pinares encantados.»

En ese recinto académico se inspira el colegio de San Gabriel de *La Sombra del Viento*, una concesión autobiográfica de Ruiz Zafón, que fue alumno de los jesuitas de Sarriá. Hacia el colegio se dirigen en taxi Daniel Sempere y Fermín Romero de Torres. Lo han cogido en la Rambla de Cataluña; mientras Fermín habla de política con el conductor, atraviesan la Vía Augusta, suben por Ganduxer y alcanzan el paseo de la Bonanova. Daniel divisa el colegio de San Gabriel: «Se alzaba en el centro de una arboleda a lo alto de una calle angosta y serpenteante que ascendía desde la Bonanova. La fachada, salpicada de ventanales en forma de puñal, recortaba los perfiles de un palacio gótico de ladrillo rojo, suspendido en arcos y torreones que asomaban sobre las copas de un platanar en aristas catedralicias».

El colegio se asocia a las más granadas entidades barcelonesas: «En sus buenos tiempos, digamos que entre 1880 y 1930 más o menos, [...] acogía a la crema de los niñatos de rancia alcurnia y bolsa sonante», entre ellos, los cachorros de la familia Aldaya. Daniel y Fermín conversan con el padre Fernando sobre el alumnado de aquella época y de Julián Carax en particular.

En *Marina*, la imaginación de Óscar se desplaza por esos paisajes y, en cuanto puede, se escapa a dar una vuelta, como un explorador, por el llamado «desierto de Sarriá»: «La mayoría de las antiguas mansiones señoriales que en su día habían poblado el norte del paseo de la Bonanova se mantenían todavía en pie, aunque sólo fuese en ruinas». En uno de esos regios caserones, por la trama de las calles Inmaculada, Iradier, Margenat, Anglí y Pomaret, con el silbido del ferrocarril bajo el puente, se adentra Óscar. Un gato y un misterioso reloj le harán volver una y otra vez hasta que conozca a sus inquilinos: Marina y su padre, el pintor Germán Blau. Luego sigue por la calle Margenat, que hace esquina con la puerta de su colegio: «Sarriá despertaba a mi alrededor».

DE SARRIÁ A VALLVIDRERA

Desde el final de la calle Gran de Sarrià podemos seguir la avenida de Vallvidrera hasta la estación del funicular: «Desde el andén, al pie de la montaña, la barriada de Vallvidrera dibujaba un balcón sobre la ciudad. Las casas parecían colgadas de las nubes con hilos invisibles. Nos sentamos al final del vagón y vimos Barcelona desplegarse a nuestros pies mientras el funicular trepaba lentamente».

Óscar y Marina van a visitar la casa del inspector Víctor Florián para que les proporcione información sobre el sombrío Kolvenik, patrón de la Velo-Granell y hacedor de monstruos. Florián habita «una vieja casa que estaba prácticamente al borde del abismo», con un buzón oxidado y la fachada despintada.

El viejo inspector repasa fotografías antiguas y recuerda episodios turbios que prefiere no convocar. Acabada la visita, Óscar y Marina toman de nuevo el funicular y se sientan en uno de los bancos de madera del vagón, junto a la ventanilla. «Atardecía. Sonó un silbato y las puertas se cerraron. El funicular inició el descenso con una sacudida. Lentamente las luces de Vallvidrera fueron quedando atrás, igual que la silueta de Florián, inmóvil en el andén.»

Un tranvía ha dejado a David Martín en la plaza de Sarriá. Poco antes de llegar a la parada, el escritor se baja en Gran de Sarrià y camina hasta la arboleda que da origen a la carretera de Vallvidrera, detrás del «castillo de ladrillos rojos del colegio San Ignacio» y la plaza Borrás. Sigue luego por una calle «flanqueada por caserones solitarios y cubierta por un manto de hojarasca». Está buscando la dirección del difunto abogado Marlasca. «Tomé la acera de los impares y recorrí muros y verjas intentando leer la numeración de la calle. [...] Recorrí un tramo de acera a la sombra de una larga hilera de cipreses y me encontré con que la numeración saltaba del 11 al 15.» Confundido, David da media vuelta y camina hasta encontrar un pasaje que da a un «angosto callejón adoquinado». Casi emboscadas por un jardín espeso y labradas en la piedra aparecen las señas de la vivienda de Marlasca en el número 13. «La casa era una estructura de estilo modernista que se elevaba en tres pisos de líneas curvas y estaba rematada por una cresta de buhardillas arremolinadas en torreones y arcos. Ventanales estrechos y afilados como puñales se abrían en su fachada salpicada de relieves y gárgolas. Los cristales reflejaban el paso silencioso de las nubes. Me pareció entrever un rostro perfilado tras uno de los ventanales del primer piso.»

Aunque no aparece tal casa en el número indicado, el pasaje cercano de Vidal Quadras depara varias construcciones que responden a la descripción de la novela: «Casa Marlasca tenía la atmósfera de panteón abandonado de las grandes casas que viven de la ausencia y la carencia», advierte David Martín. Gran verdad. En literatura, los paisajes y figuras son un mosaico de experiencias que maridan en la ficción. Casas y avenidas, transitables y habitables por la imaginación.

RUTA 3
PALACETE ALDAYA

Daniel Sempere descubre un sobre apergaminado con matasellos de 1919 y dirigido a Julián Carax, el enigmático autor de *La Sombra del Viento*. Lleva remite de Penélope Aldaya y una dirección ya mítica: avenida del Tibidabo, 32. Lee y relee obsesivamente la carta y, tras una interminable noche en duermevela, sale disparado de la calle Santa Ana bajo la dudosa luz de la madrugada. En la estación de los ferrocarriles catalanes de Pelayo compra un billete de tercera clase en dirección al Tibidabo. Con la cabeza apoyada en la ventana escudriña la oscuridad de los túneles, hasta que el tren emerge de las entrañas urbanas para descubrirle «otra» Barcelona... «Estaba amaneciendo y un filo de púrpura rasgaba las nubes y salpicaba las fachadas de los palacetes y caserones señoriales que flanqueaban la avenida del Tibidabo.» *Tibidabo*, «te daré», en latín, una promesa, dicen, del mismísimo Lucifer.

La avenida comienza, cuesta arriba, con La Rotonda y su pérgola modernista, en la frontera del paseo de San Gervasio y el final de la calle Balmes. Todavía entre neblinas, Daniel sale de la estación y va en busca del tranvía azul que remonta perezosamente el trayecto adoquinado; aprovechando la agilidad juvenil, lo alcanza aupándose en su plataforma trasera: «El tranvía ascendía casi a ritmo de paseo, acariciando la sombra de la arboleda y oteando sobre los muros y jardines de mansiones con alma de castillo que yo imaginaba pobladas de estatuas, fuentes, caballerizas y capillas secretas». En la cima, el Tibidabo del doctor Andreu, el de las pastillas para la tos, y la iglesia del Sagrado Corazón: la atalaya de Barcelona.

EL FRARE BLANC

Desde la plataforma, Daniel distingue en el número 31 la torre de El Frare Blanc, en la que aparecía fotografiada Penélope Aldaya. En la esquina de la calle Román Macaya, el traqueteante tranvía se detiene. Construida por Joan Rubió i Bellver entre 1903 y 1913, la Casa Roviralta o El Frare Blanc prosigue el estilo ornamental de Puig i Cadafalch. La estructura del tejado le da un aire de cuento infantil; la fachada revocada en blanco conjuga un efectivo contraste con el ladrillo rojo de los balcones, material muy utilizado en la arquitectura modernista. El edificio alberga actualmente el restaurante de cocina castellana El Asador de Aranda: su silueta iluminada en la noche aporta una construcción fantástica donde podría reaparecer cualquier miembro de la familia Aldaya.

Daniel se apea y observa, al otro lado de la calle, la residencia de Penélope Aldaya, la mujer que enamoró a Julián

Carax. «Un portón de hierro forjado tramado de yedra y hojarasca la custodiaba. Recortada entre los barrotes se adivinaba una portezuela cerrada a cal y canto. Sobre las verjas, anudado en serpientes de hierro negro, se leía el número 32.» En el interior del palacete reina el abandono: «Un rastro de herrumbre sangraba desde el orificio de la cerradura de la portezuela». Rodeado de malas hierbas, el estanque deja ver una mano de piedra... «Más allá, entre los velos de maleza, se adivinaba una escalinata de mármol quebrada y cubierta de escombros y hojarasca.» Ha llovido mucho desde que los Aldaya habitaron aquella mansión que devino en tumba.

Daniel experimenta una sensación bien diferente de la que vivió Julián Carax muchos años antes, en su primera visita al palacete del número 32, invitado por Ricardo Aldaya. Otra vez, la diferencia de clases. «Aquella tarde, ascendiendo por la avenida del Tibidabo, Julián creyó cruzar las puertas del paraíso. Mansiones que se le antojaron catedrales flanqueaban el camino. A medio trayecto, el chófer torció y cruzaron la verja de una de ellas. Al instante, un ejército de sirvientes se puso en marcha para recibir al señor. Todo lo que Julián podía ver era un caserón de tres pisos. No se le había ocurrido jamás que personas reales viviesen en un lugar así. Se dejó arrastrar por el vestíbulo, cruzó una sala abovedada donde una escultura de mármol ascendía perfilada por cortinajes de terciopelo, y penetró en una gran sala cuyas paredes estaban tejidas de libros desde el suelo al infinito.»

Cuando abandona la casa y desciende por la avenida, Daniel preferiría subirse al funicular de la plaza del Doctor Andreu y remontar el Tibidabo hasta el parque de atracciones para perderse «entre sus carruseles y sus salones de autómatas», pero le esperan en la librería de Santa Ana. «De vuelta hacia la estación del metro imaginé a Julián Carax bajando por aquella misma acera y contemplando aquellas mismas fachadas solemnes que apenas habían cambiado desde entonces, con sus escalinatas y jardines de estatuas, quizá esperando aquel tranvía azul que trepaba de puntillas al cielo.» A ese parque se acercaron en su humilde viaje nupcial Nuria Monfort y el desdichado Miquel Moliner. Tomaron el funicular del Tibidabo para contemplar la gran Barcelona desde las terrazas del parque y solo divisaron «una miniatura de nieblas».

El Tibidabo constituyó un punto de cita para la alta sociedad en los años de preguerra. En *El Juego del Ángel*, dos viejas postales muestran al aristocrático Pedro Vidal posando en la puerta del hotel Florida y en el casino de la Rabasada, al pie de la carretera que se abrió en 1868, cuando la Gloriosa del general Prim.

El Florida era frecuentado por burgueses que se fumaban un habano en la espaciosa sala de lectura, acomodados en butacones de piel: se asomaban a los ventanales ovalados y dominaban la ciudad desde la cima del Tibidabo. Al afán de poder se unía la pasión del juego y la conquista erótica. Inaugurado en 1911, al casino se llegaba con el tranvía. Tras una primera etapa efímera, a partir de 1919, el dinero caliente de la neutralidad en la guerra europea reavivó el esplendor de la casa de juego hasta cerrar definitivamente sus puertas en 1933. Dicen los más viejos del lugar que, todavía hoy, entre el boscaje, pueden encontrarse restos de aquel templo de la ruleta y el blackjack al que era asiduo Pedro Vidal.

En paralelo a la avenida del Tibidabo se encuentra la calle León XIII. En el número 59, a una esquina de la casa de los Aldaya, tiene su despacho el abogado Requejo, que lleva los asuntos de la madre de Julián Carax.

AVENIDA DEL TIBIDABO, 32

Habrá más visitas de Daniel al palacete Aldaya. Como la que realiza un atardecer tormentoso. Toma el autobús 22, que le deja al final de la calle Balmes, en el cruce con el paseo de San Gervasio. Llueve copiosamente. A sus ojos, la avenida del Tibidabo «se desvanecía en un espejismo acuoso bajo cielos de plomo». Empapado y jadeante, accede a la verja del caserón del número 32 e inspecciona el interior. La mano que emerge de la fontana del jardín corresponde a un «ángel ígneo» de inspiración funeraria cuyo «dedo acusador, afilado como una bayoneta, señalaba la puerta principal de la casa». Allí se encontrará con Bea.

Entre penumbras, corredores, columnas de mármol y huellas de cuadros que pendieron alguna vez de los muros, los dos jóvenes quemarán un montón de diarios viejos para calentarse. El hipnótico serpentear de las llamas en el hogar favorece las confidencias: Bea contará la historia de aquella mansión maldita. El palacete Aldaya se llamó realmente El Ángel de la Bruma y era la casa de veraneo de aquella familia. La sede principal de los Aldaya fue un palacio en el cruce de las calles Bruch y Mallorca que proyectó Puig i Cadafalch en 1896 y que en 1925 fue derribado para construir un bloque de pisos.

Pese al agravio de los años y el abandono, el palacete de la avenida del Tibidabo, 32, se mantuvo en pie: «Fue restaurado completamente y las estatuas de los ángeles reducidas a gravilla para cubrir la pista del aparcamiento que ocupa lo que fuera el jardín de los Aldaya». Con el transcurrir de los años, el palacete se convirtió en la sede de una agencia de publicidad en la que trabajó Ruiz Zafón. Nosotros lo seguiremos visitando en *La Sombra del Viento*.

En otro palacete de la avenida del Tibidabo, donde reside

la acaudalada familia Pons, arranca «Una señorita de Barcelona», uno de los relatos de *La Ciudad de Vapor*. El fotógrafo Eduardo Sentís, «retratista de difuntos», acude allí para fotografiar el cadáver de una niña acompañado de su hija Laia. La relación con la adinerada familia que ha requerido sus servicios marcará las existencias de padre e hija.

EL PINAR

Fernandito, enamorado perpetuo y protector de Alicia Gris en *El Laberinto de los Espíritus*, toma también el tranvía azul y remonta la avenida del Tibidabo. Sobre lo alto del paseo se perfila la silueta de El Pinar, la casa de la calle Manuel Arnús, 31, propiedad del malvado Mauricio Valls. Entre jirones de nubes bajas y con un perfil catedralicio «dibujaba un sortilegio de torres, ángulos y mansardas serradas que reposaban sobre un montículo a modo de santuario desde el que podía contemplarse toda Barcelona y buena parte de la costa a norte y sur de la ciudad. Desde aquel promontorio, en días de cielo despejado probablemente se vislumbraba la silueta de la isla de Mallorca...».

Proyectado en 1903 por el arquitecto Enric Sagnier, el caserón de El Pinar es conocido también como la Casa Arnús. Esta denominación alude al que fue su primer propietario, que da nombre también a la calle. Prohombre de la Barcelona burguesa, Manuel Arnús impulsó la Compañía Barcelonesa de Electricidad y la banca Arnús-Gari; se casó con Josefina Gayón, cuñada del marqués de Comillas, fundador del Banco Hispano-Colonial.

A pocos metros de la plaza del doctor Andreu y del restaurante La Venta, la torre cónica de El Pinar, sostenida por unos robustos muros de piedra, corona una calle con una curva en pendiente: «La posición elevada del caserón sobre la colina proyectaba la ilusión de que la estructura quedaba más cerca de la calle de lo que estaba en realidad».

Fernandito transita entre penumbras y escala la ladera de árboles y arbustos para acceder a la fachada posterior de El Pinar: «Todas las ventanas estaban oscuras excepto un par de pequeñas cristaleras en un recodo escondido entre la casa y la parte más elevada de la colina que daban a lo que intuyó que debían de ser las cocinas». En las dependencias de El Pinar hallaremos una de las claves de *El Laberinto de los Espíritus*. Su desenlace pone punto final a la tetralogía que comenzó en el Cementerio de los Libros Olvidados de *La Sombra del Viento*.

El modo en que intentamos ignorar la muerte dice mucho de cómo creemos vivir la vida. La ciudad de los muertos asoma entre las grietas de Barcelona y ofrece ese espejo en el que pretendemos no estar. Los vivos no solemos visitar nuestros cementerios más que en determinadas circunstancias, y los tiempos en que la muerte se paseaba a rostro descubierto han quedado atrás, o eso queremos creer. El pudor y el miedo, diferentes grados de una misma conducta, nos llevan a arrinconar algunos de los espacios que más nos hablan de la verdadera Barcelona. La muerte se siente a gusto en esta ciudad, quizá porque entre grandes hechiceras está el juego, y las junglas de mausoleos, ángeles y cruces en las laderas de Montjuïc o en la trastienda de Pueblo Nuevo saben más a Barcelona que mil postales olímpicas. Media hora a solas, paseando entre los mausoleos de la parte vieja del cementerio de Montjuïc, proporciona casi todo lo necesario para empezar a entender quién es la dama Barcelona. La ciudad de los muertos es la parte más desconocida de la metrópoli por sus propios habitantes y, quizá por ello, también la más reveladora.

CARLOS RUIZ ZAFÓN

LA MEMORIA NECROPOLITANA

OFICIO DE DIFUNTOS

CEMENTERIO DE MONTJUÏC

«Recorrí aquel inhóspito paseo de cipreses que conducía hasta las puertas del cementerio del Este, el mismo camino que tantas veces había hecho con mi padre. El patrón ya estaba allí. Le vi de lejos, esperando imperturbable bajo la lluvia, al pie de uno de los grandes ángeles de piedra que custodiaban la entrada principal al camposanto.»

El Juego del Ángel, Carlos Ruiz Zafón

ESCULTURA DEL ÁNGEL DOLIENTE

Barcelona son varias ciudades de los muertos. En concreto, nueve camposantos: Montjuïc, Pueblo Nuevo, Collserola, Les Corts, San Andrés, San Gervasio, Sarriá, Horta y Sants. Más de 11.000 inhumaciones anuales, 336.000 sepulturas y 2,5 millones de metros cuadrados de superficie. Memoria de la metrópoli y de sus necrópolis. La actividad febril de los vivos y el sueño eterno de los muertos. Los palacios y los panteones. La otra dimensión. Por esos recintos durmientes caminan los personajes zafonianos. Y lo hacen en cuatro cementerios: Sarriá y San Gervasio al norte; Pueblo Nuevo, decano de los camposantos barceloneses, al borde de la playa, y Montjuïc o del Sudoeste, en la montaña que se asoma al puerto y a la Anilla Olímpica de la renacida Barcelona del 92.

CEMENTERIO DE SARRIÁ

«El cementerio de Sarriá es uno de los rincones más escondidos de Barcelona. Si uno lo busca en los planos, no aparece. Si uno pregunta cómo llegar a él a vecinos y taxistas, lo más seguro es que no lo sepan, aunque todos hayan oído hablar de él. Y si uno, por ventura, se atreve a buscarlo por su cuenta, lo más probable es que se pierda. Los pocos que están en posesión del secreto de su ubicación sospechan que, en realidad, este viejo cementerio no es más que una isla del pasado que aparece y desaparece a su capricho.»

Marina, que conoce bien su barrio, lleva a Óscar un domingo de septiembre al ignoto camposanto de Sarriá. Si utilizamos una guía urbana podemos comprobar que, ciertamente, no es fácil encontrarlo. Por la calle Escuelas Pías tomamos Pau Alcover... Un minúsculo pasadizo entre las calles Calatrava y Doctor Roux nos conduce a la entrada de este cementerio cercado por los edificios de viviendas. Otra forma de acceder, si venimos del centro de la ciudad, es tomar los Ferrocarriles de la Generalitat dirección Sarriá, apearnos en Tres Torres y subir por Doctor Roux: pasada la travesía de Pau Alcover encontraremos un camino de tierra y setos que nos conduce directamente a la entrada del recinto, coronada por una gigantesca cruz de piedra gris.

Precisamente por la calle Doctor Roux vienen Óscar Drai y Marina. Han bajado por la avenida Bonanova, giran a la derecha, descienden un par de manzanas y se adentran en el estrecho pasaje a la altura del número 112. Resulta complicado visitar a los muertos. «Aquel sendero no parecía conducir a ninguna parte. Marina se limitó a adentrarse en él. Me condujo hasta un camino que ascendía hacia un pórtico flanqueado por cipreses. Más allá, un jardín encantado poblado por lápidas, cruces y mausoleos enmohecidos palidecía bajo sombras azuladas. El viejo cementerio de Sarriá.»

Sentados en una balconada, en el ala norte, Óscar y Marina contemplan el solitario recinto de los difuntos. «No se puede entender nada de la vida hasta que uno entiende la muerte», afirma Marina. La joven cree en los emisarios que vagan por las calles y se llevan consigo a los desprevenidos que no han pensado nunca en la muerte. Tras la reflexión... el silencio, la eternidad, dos palomas blancas sobrevolando las tumbas y la irrupción de una extraña dama con una capucha que le cubre el rostro; envuelta en una capa de terciopelo negro, porta en sus manos enguantadas una rosa roja que acaba depositando en una marmórea lápida que tiene tallada una mariposa negra con las alas desplegadas.

Marina y Óscar no solo se preguntan quién es la dama,

sino quién está enterrado en esa tumba. No pierden de vista a la misteriosa visitante cuando esta abandona el cementerio. Por la calle Doctor Roux alcanzan la Bonanova, cruzan el paseo y la siguen calles arriba «hacia la falda de las montañas, poblada por palacetes y mansiones que habían conocido mejores épocas». La dama se adentra en la cuadrícula silente, luego se detiene y parece burlar definitivamente a sus perseguidores: «El rastro nos llevó a una callejuela sin salida, cortada por el tramo descubierto de los ferrocarriles de Sarriá, que ascendían hacia Vallvidrera y Sant Cugat». Es la retícula de las calles Anglí, Dolors Monserdà, Margenat... Un silencio de torres que ocultan misterios tras sus verjas y muros de piedra. De fondo, el silbido del tren que pasa bajo el puente.

Óscar volverá a seguir obsesivamente a aquella dama de negro. Sus pasos le devuelven al cementerio de Sarriá. «La lluvia escupía sobre rostros de piedra ennegrecidas y cruces inclinadas. Tras la verja podía distinguirse una galería de siluetas espectrales. La tierra humedecida hedía a flores muertas. Apoyé la cabeza entre los barrotes. El metal estaba frío. Un rastro de óxido se deslizó por mi piel.» Mientras experimenta esas sensaciones, aquella noche lluviosa, un carruaje surge de la cortina de agua...

CEMENTERIO DE SAN GERVASIO

Si dejamos el cementerio de Sarriá, por la calle Escuelas Pías, arribaremos hasta la majestuosa mole del colegio que le da nombre; luego tomaremos a la derecha la calle Inmaculada y accederemos a la de Bellesguard. En el número 20 podemos contemplar la famosa torre que construyó Gaudí, con esos mosaicos y muros almenados de piedras muy similares a los del parque Güell. El conjunto lo remata el pilar de treinta metros que remacha la cruz de cuatro brazos, señal de identidad de la imaginería gaudiniana.

Subiendo por Bellesguard —nombre que alude a las bellas vistas panorámicas de Barcelona— pasamos por la entrada de la Universidad Abat Oliba y desembocamos en el fragor de la ronda de Dalt, que hemos de atravesar para alcanzar el cementerio de San Gervasio. El rumor de los motores y el olor a gasolina contrasta con el verdor oscuro de los cipreses y los aromas de montaña del cementerio. Un ángel con las alas extendidas parece dar la espalda a la pista de alta velocidad del progreso y posa su mirada en un panteón modernista que se recorta sobre el muro del camposanto. Al fondo, una montaña roturada por edificios en construcción, y en la cima, el observatorio Fabra con su cúpula de tonos metálicos.

En los años veinte, un tranvía deja a David Martín frente a la torre de Bellesguard, «donde la ciudad moría al pie de la colina». Está buscando el panteón de la familia Marlasca: «Los muros del camposanto se alzaban a una cincuentena de metros en una fortaleza de mármol sobre la que emergía un enjambre de estatuas del color de la tormenta». El vigilante del recinto consulta el listado de los fúnebres inquilinos y David encuentra sin dificultad el panteón que buscaba, «una suerte de arco formado por dos grandes escalinatas dispuestas a modo de anfiteatro que ascendían a una galería sostenida por columnas en cuyo interior se abría un atrio flanqueado de lápidas».

David inspecciona la estructura funeraria y constata que ha sido profanada: «La tumba de Diego Marlasca quedaba al fondo. Me aproximé a ella y posé la mano sobre la lápida. Extraje el retrato de Marlasca que Salvador me había entregado y lo examiné». Luego oye unos pasos en la escalinata, una presencia...

CEMENTERIO DE MONTJUÏC

En *La Sombra del Viento* Daniel Sempere se ha subido en el paseo de Colón al autobús que va en dirección al cementerio del Sudoeste, más popularmente conocido como de Montjuïc. Inaugurado en marzo de 1883, cuando Barcelona estaba en su cénit financiero, el segundo cementerio más antiguo de la ciudad se desparrama por la ladera rocosa de la montaña como una metáfora de la expansión urbana. Así lo ve el protagonista de *La Sombra del Viento*: «Una avenida de cipreses se alzaba en la bruma. Incluso desde allí, a los pies de la montaña, se entreveía la infinita ciudad de muertos que había escalado la ladera hasta rebasar la cima».

Decía el humorista Joan Capri que todos los barceloneses tienen asegurado un apartamento con vistas al mar, refiriéndose al cementerio de la montaña de Montjuïc. Lo que está claro es que hubo un momento en que la ciudad no podía dar cobijo a todas las almas que querían formar parte de ella y Montjuïc fue a la vez la montaña de los muertos, el barraquismo y los vertederos. El cementerio del Sudoeste es, también, la versión funeraria de los estilos arquitectónicos que conforman Barcelona. En los panteones, tumbas y nichos reencontramos las réplicas mortuorias de las casas burguesas modernistas, las fábricas proletarias y las iglesias góticas, firmadas por sus mismos arquitectos y escultores. Desde la pétrea tumba de Verdaguer, como un homenaje al Canigó, a la sobriedad del alcalde de la Exposición de 1888, Rius i Taulet, y las geométricas sepulturas de Durruti y Ascaso, que recuerdan los tejados de sierra de una fábrica en huelga permanente.

En los días luminosos, el sol se refleja en los cristales de los nichos que se agolpan en las avenidas funerarias que circundan la montaña. A ese cementerio fue a parar el cuerpo sin vida de Nuria Monfort, la dulce y triste interlocutora de Daniel Sempere en los crepúsculos de la plaza de San Felipe Neri.

El día del sepelio, un vehículo pasa por la dársena del puerto y enfila la carretera que lleva hasta el más grande de los cementerios de Barcelona: «Avenidas de tumbas, paseos de lápidas y callejones de mausoleos, torres coronadas por ángeles ígneos y bosques de sepulcros se multiplicaban uno contra otro. La ciudad de los muertos era una fosa de palacios, un osario de mausoleos monumentales custodiados por ejércitos de estatuas de piedra putrefacta que se hundían en el fango». Daniel sabe que su madre está enterrada en una de aquellas galerías que conforman la Barcelona de Thanatos. Identifica a media docena de personas y a un sacerdote. Nuria es la hija de Isaac, el guardián del Cementerio de los Libros Olvidados... Daniel contempla el ataúd de pino sin pulir: «Permanecí allí hasta que el grupo se dispersó y, a una señal del sacerdote, los enterradores se dispusieron a hacer su trabajo a la luz de los faroles. Me guardé la flor en el bolsillo del abrigo y me alejé, incapaz de decir el adiós que había llevado hasta allí».

Desde la infancia, cuando perdió a su madre, Daniel conserva una imagen que le asalta en la oscuridad con nitidez inquietante: «Una tarde de lluvia en la ladera este del cementerio de Montjuïc, mirando al mar entre un bosque de mausoleos imposibles, un bosque de cruces y lápidas talladas con rostros de calaveras y niños sin labios ni mirada, que hedía a muerte», la voz de su madre que le pide que la libere de su prisión de piedra, «y aquel olor a tierra fresca, tierra de ceniza y de lluvia, lo devoraba todo, olor a muerte y a vacío».

El cementerio de Montjuïc reaparece en *El Juego del Ángel*, cuando David Martín sueña con la muerte de su rival y usurpador amoroso, el aristocrático Pedro Vidal. Otro entierro, muy diferente del de Nuria. David observa el ostentoso panteón de la familia Vidal: «Una comitiva silenciosa de velos negros rodeaba el anfiteatro de mármol ennegrecido que formaba el pórtico del mausoleo. Cada figura portaba un largo cirio blanco. La luz de cien llamas esculpía el contorno de un gran ángel de mármol abatido de dolor y pérdida sobre un pedestal a cuyos pies yacía la tumba abierta de mi mentor y, en su interior, un sarcófago de cristal».

En el cementerio de Montjuïc yacerá también Isabella, la jovencita que fue secretaria literaria de David y que acabó casándose con el padre de Daniel Sempere. Murió poco después de la guerra civil —se dijo, oficialmente, que víctima del cólera—, y le dieron sepultura en Montjuïc: Daniel acababa de cumplir cuatro años. Dos décadas después, en *El Prisionero del Cielo*, indagará en la memoria de la madre muerta...

En 1960 Daniel camina con su hijo Julián «al sol de mediodía entre las lápidas del cementerio bajo un cielo prendido en el azul del mar». Se acerca a una de las tumbas y deja que el niño acaricie las letras grabadas sobre la piedra: «ISABELLA SEMPERE, 1917-1939». Daniel cierra los ojos para contener el llanto y, cuando los abre, ve que su hijo señala la pequeña figura de un ángel de escayola que asoma entre las flores secas. El niño roza con los dedos la estatuilla, que se desploma sobre el frío mármol y se rompe. Desvela, como una crisálida, un papel con el nombre y la dirección de Mauricio Valls, el hombre que sumió a los Sempere en la desgracia: «Y si algún día, arrodillado frente a su tumba, sientes que el fuego de la rabia intenta apoderarse de ti, recuerda que en mi historia, como en la tuya, hubo un ángel que tiene todas las respuestas...».

En el cementerio de Montjuïc concluye *El Prisionero del Cielo*: Daniel, Bea y el pequeño Julián abrazados «en una balaustrada suspendida sobre el Mediterráneo».

En *El Laberinto de los Espíritus* Alicia remonta la colina en un cementerio de Montjuïc crepuscular. Cielos de nubes rojas y cortina de aguanieve. Entre «el gran bosque de mausoleos, cruces, ángeles y gárgolas» llega a la tumba de Isabella Sempere. Se arrodilla y posa la mano sobre la lápida: «Que decida el destino», murmura.

CEMENTERIO DEL ESTE O DE PUEBLO NUEVO

Bogatell, avenida Icaria, calle Taulat, 2... La transformación urbanística de la Barcelona olímpica ha modificado sensiblemente el paisaje que rodeaba el cementerio viejo, tantas veces construido y reconstruido, visitado y olvidado. El cementerio del Este vino a sustituir, a principios del siglo XIX, a los diversos camposantos parroquiales de la ciudad amurallada. Su diseño neoclásico fue arrasado por la soldadesca napoleónica para renacer con el primer romanticismo gracias al arquitecto italiano Antonio Ginesi.

Para llegar al cementerio podemos tomar el metro línea 4 (estación Villa Olímpica), o la línea del autobús 41. Una avenida Icaria totalmente transformada por las edificaciones de la Barcelona del 92 nos llevará hasta la puerta del recinto de la muerte. Dos grandes pilares con estatuas a modo de guardianes nos dan la bienvenida, con las palabras *Fides* («fe») y *Spes* («esperanza»). Si se trata de las virtudes teologales... ¿Dónde queda la caridad? Durante décadas, la necrópolis de Pueblo Nuevo convivió con fábricas oscuras, el olor a detritus del Bogatell y las playas de las barracas del Somorrostro, con sus gitanas, como la inolvidable *bailaora* Carmen Amaya, a quien se dedica la calle del flanco sur del camposanto. En *El Juego del Ángel*, David Martín había atravesado ese paisaje: cementerio, chimeneas que escupían lluvia negra, fábricas de lápidas con asfixiante polvo de mármol y niños explotados por la avaricia industrial; ángeles con caras sucias asomados al mar mordisqueando pan y *arengades*; mudos espectadores que sabían que la tumba los aguardaba, tras su desdichada infancia, más pronto que tarde. Cuando pasaban los trenes de cercanías, los ángeles y vírgenes asomaban su pétrea faz sobre la muralla del camposanto y los barraquistas encendían hogueras al atardecer.

Desde el siglo XIX hasta la Barcelona del 92 Pueblo Nuevo fue el territorio de las fábricas y las naves industriales. Muchas de ellas se dedicaron a nuevos usos en el renovado Distrito 22@: es el caso de Can Framis, que alberga la fundación de arte contemporáneo Vila Casas.

Pueblo Nuevo atesora una arqueología industrial con apellidos señeros de la historia económica barcelonesa: Can Folch, Can Girona, Can Ricart, Can Rivière, la Foneria Raspall... En *El Prisionero del Cielo*, el perverso Mauricio Valls, director de la prisión de Montjuïc, se dirige en un coche Studebaker hasta una antigua fábrica. En la novela se alude a la textil Vilardell. De hecho, existió una firma de géneros de

EL BESO DE LA MUERTE EN EL CEMENTERIO DE PUEBLO NUEVO

punto con ese nombre, pero estaba domiciliada en la calle Alta de San Pedro, 15. Si en la guerra civil fueron pasto de los bombardeos, muchas de esas fábricas, de valiosa arquitectura, padecieron años de deterioro a causa del abandono y la *okupación*.

Mientras tanto, los faros del automóvil que transporta a Valls penetran en «la negrura más allá del portón, revelando el estado ruinoso de la fábrica, bombardeada durante la guerra y abandonada como tantas estructuras en toda la ciudad». Valls ordena al conductor que se acerque a la caseta del guarda y pronuncie una consigna. Pero en lugar de que alguien le franquee el paso resuena en la noche un disparo que revienta el cráneo del mensajero. Valls se coloca rápidamente al volante del coche para emprender la huida de un lugar donde no es bien recibido: «Mientras se alejaba pudo ver el resplandor de varios disparos a la puerta de la fábrica…».

En el viejo cementerio reposan escritores del barrio del Pueblo Nuevo como Xavier Benguerel, que evocó en su novela *Icaria, Icaria…* las raíces del utopismo socialista en el Pueblo Nuevo proletario de mediados de siglo XIX; el novelista de la fiebre del oro financiera Narcís Oller y el soñador icariano Narcís Monturiol, inventor del submarino *Ictíneo* y federalista *icariano*, o José Anselmo Clavé, el filántropo que hizo a los obreros cantar angelicalmente el *Tannhäuser* wagneriano.

Después del Cementerio de los Libros Olvidados, el cementerio del Este es el más entrañable para la saga Sempere. Existencias que vuelven a despertar en las novelas porque, en su etimología griega, *cementerio* significa «dormitorio». Entre sus inquilinos encontramos también a Francesc Canal i Ambrós. Conocido popularmente como el Santet, este dependiente de los almacenes El Siglo anunció con anticipación a sus compañeros su propia muerte en un voraz incendio. Su nicho, en la primera sección del cementerio, devino un santuario para las gentes sencillas, que acuden allí para pedir milagros o favores como confirma la abundancia de exvotos y peticiones manuscritas que se agolpan tras el vidrio de la sepultura.

A la muerte del librero Sempere, el abuelo de Daniel, su amigo y colega Gustavo Barceló organiza el entierro en el recinto funerario de Pueblo Nuevo... «El gentío se había reunido a las puertas del cementerio a esperar la llegada del carruaje. Nadie se atrevía a hablar. Se oía el rumor del mar en la distancia y el eco de un tren de carga deslizándose hacia la ciudad de fábricas que se extendía a espaldas del camposanto.»

El párroco de la iglesia de Santa Ana oficia el entierro ante un sencillo sepulcro, «una lámina de mármol sobria y sin adornos que casi pasaba desapercibida». A poco más de treinta metros, David puede ver la tumba de su desdichado padre. Cuando finaliza la ceremonia y la congregación se va retirando, el protagonista de *El Juego del Ángel* se acerca hasta la tumba de Sempere y posa su mano sobre el mármol.

También Isaac Monfort, guardián del Cementerio de los Libros Olvidados, conserva recuerdos en la necrópolis de Pueblo Nuevo. Allí dieron tierra a su novia Teresita, muerta de tuberculosis, una humilde muchacha de la Ribera con la que daba largos paseos desde el parque de la Ciudadela hasta el Bogatell: en esa playa de tristezas, una gitana les leyó la mano y aseguró que estarían juntos toda la vida.

Entre los almacenes de Pueblo Nuevo se encontraba la editorial Cabestany, que publicaba todos los libros de Julián Carax y que ardió en los primeros meses del 36: «La pira de llamas del almacén en Pueblo Nuevo se adivinaba a lo lejos, el rastro ámbar derramándose sobre el mar y las espirales de fuego y humo ascendiendo al cielo como serpientes de luz». Poco se puede salvar: algunos poemarios de Verdaguer, dos tomos de la *Historia de la Revolución francesa* y los ejemplares de Julián Carax que Nuria Monfort rescató y escondió en el Cementerio de los Libros Olvidados.

PLAYA DEL SOMORROSTRO

En «Sin nombre», uno de los relatos de *La Ciudad de Vapor*, retornamos al pasado fabril del Pueblo Nuevo: el cementerio del Este, fúnebre pórtico de un bosque de cruces y chimeneas. En la antigua Fábrica de Libros, una muchacha va a dar a luz con solo diecisiete años: «David, se llamará David», musita: le roban la criatura y conducen a la madre a las aguas del Bogatell...

David Martín conoce bien el entorno del cementerio. En 1898 su padre volvió derrotado de la guerra de Filipinas y paseó su humanidad maltrecha por las inhóspitas industrias de Pueblo Nuevo y Sant Martí. En Pueblo Nuevo palpitaba la redacción del diario *La Voz de la Industria*, donde consiguió un puesto de vigilante nocturno y su hijo David puso a prueba sus dotes de escritor: «La sede del diario se alzaba tras el bosque de ángeles y cruces del cementerio de Pueblo Nuevo, y de lejos su silueta se confundía con la de los panteones recortados sobre un horizonte apuñalado por centenares de chimeneas y fábricas que tejían un perpetuo crepúsculo de escarlata y negro sobre Barcelona».

El rotativo que dirige don Basilio Moragas, con Pedro

Vidal como «pluma estrella» de la redacción, se encontraba en «una miserable callejuela hundida tras los muros del cementerio de Pueblo Nuevo en el que se anudaban talleres de lápidas y esculturas funerarias y que iba a morir a una de las rieras que cruzaban la playa del Bogatell y la ciudadela de chabolas que se extendía hasta el mar, el Somorrostro».

David se refiere a la parte trasera del viejo cementerio, el microscópico dédalo de pasajes de la Llacuna y Aymà, a pocos metros de la parte baja de la Rambla de Pueblo Nuevo.

De pequeño, David acompañaba a su padre en el tranvía que partía de la calle Trafalgar y los dejaba a las puertas del cementerio. A aquel diario industrial, con olor a plomo fundido y manchas de hollín, volvería David muchas otras noches: «A medida que nos aproximábamos a Pueblo Nuevo el tranvía se internó en un entramado de calles tenebrosas cubiertas de grandes charcos velados por el vapor. [...] Finalmente avisté las puertas del cementerio y el perfil de cruces y esculturas recortado contra el horizonte sin fondo de fábricas y chimeneas que inyectaban de rojo y negro la bóveda del cielo».

David penetra en uno de los talleres de lápidas que rodean el camposanto: Sanabre e Hijos. Allí descubrirá un gran ángel de luz, el mismo que adorna la solapa del mefistofélico editor Andreas Corelli, y una lápida a los pies de la escultura funeraria con su nombre y una fecha: 1900-1930.

La última vez que David se encontró con su patrón fue un amanecer gélido y con olor a cal y azufre: «Vestía de negro y la única cosa que hacía que no se le pudiese confundir con una de las centenares de estatuas tras las verjas del recinto eran sus ojos». Para guarecerse de la lluvia negra que tiñe las fábricas del barrio buscan el refugio de un mausoleo con «una

CASTAÑERA JUNTO A UN TALLER
DE LÁPIDAS FUNERARIAS

cúpula sostenida por columnas de mármol y rodeada de ángeles de rostro afilado y dedos demasiado largos». David deja al editor leyendo su manuscrito y se adentra en la necrópolis hasta encontrar la tumba de su padre, que custodia una estatua de la Piedad: «Me arrodillé frente a la lápida y limpié el musgo que había cubierto las letras grabadas a cincel».

Un niño vestido de luto, a quien ya vio en el paseo del Borne, le pide que le siga por un estrecho callejón, en cuyo final se avista la playa. Durante mucho tiempo, el frente litoral de Barcelona fue una inmensa sentina de desechos industriales, almacenes destartalados, vagones en vía muerta y cargueros varados en arenas de alquitrán.

Las calles de la Villa Olímpica, con sus patinadores y edificios de diseño, y la ronda Litoral atraviesan lo que fue territorio de la miseria: la playa del Bogatell y el Somorrostro, con su aluvión de chabolas y las gitanas que te anunciaban la buena o mala ventura. David observa cómo «el oleaje rompía a escasos metros de la primera línea de cabañas de caña y madera», barracas que los temporales arrasaban de un acuoso y violento manotazo, territorio de las ratas y la poliomielitis. Una legión de desheredados de la fortuna contempla al visitante. David se va a encontrar con la bruja del Somorrostro. Con ella conversará sobre las almas en pena y, en particular, sobre la del abogado Diego Marlasca, el antiguo inquilino del torreón de la calle Flassaders. A esa casa deberá volver para enfrentarse a su destino.

Y ya que mentamos al destino, a la playa del Somorrostro va a parar en 1940 Fermín Romero de Torres tras su huida de la prisión de Montjuïc al estilo del conde de Montecristo: «Las calles del Pueblo Nuevo estaban sumergidas en una tiniebla espesa y húmeda que reptaba desde la ciudadela de chabolas y cabañas de la playa del Somorrostro». Fermín se adentra «en las callejuelas y túneles de la ciudad de los pobres hasta caer entre dos pilas de escombros». Enfebrecido y maltrecho siente en su frente la mano de una anciana que le pregunta de dónde viene: «He regresado de entre los muertos», responde Fermín antes de sumirse en la inconsciencia. Cuando despierte, tras pasar siete días de temblores y delirios, conocerá al gitano Armando. Aquel hombre bueno que le había ayudado a volver a la vida «sólo era alguien en el mundo invisible de la ciudad de los pobres y los intocables». Un Fermín convaleciente se irá recuperando al sol de la playa. Una madrugada «se levantó con sigilo y se alejó por los angostos callejones de la ciudadela hasta el límite que marcaban las vías del tren». Pretende marcharse, pero el miedo a volver a la vida real le atenaza. Se queda más tranquilo cuando el gitano Armando, que también estuvo preso en Montjuïc, le asegura que Fermín ya no existe, que sus perseguidores creen que ha muerto. Pertrechado con un abrigo que le regala Armando y un poco de dinero, Fermín partirá «entre los invisibles, hacia las calles de una Barcelona que olía a electricidad. Vio a lo lejos las torres de la Sagrada Familia encalladas en un manto de nubes rojas que amenazaban con una tormenta bíblica y siguió caminando».

Fermín retorna a la playa del Somorrostro en *El Laberinto de los Espíritus*. Busca de nuevo al gitano Armando. El oleaje del temporal de levante rompe a pocos metros del poblado de chabolas, que se extiende hasta los muros del cementerio de Pueblo Nuevo: «Incluso los muertos disponían de mejor domicilio que aquel tropel de almas sin nombre que malvivía a orillas del mar», piensa Fermín.

Más que ironías, el destino hace radiografías. Cualquiera que se decida a bucear en la documentación de la época descubrirá que, tras los años del modernismo, la obra de Gaudí y la de otros arquitectos y modernistas fue despreciada y ridiculizada con ahínco por quienes se tenían por intelectuales y guardianes del gusto. Todavía hoy podemos encontrar documentos donde estas luminarias exigían al ayuntamiento que derribase fincas y monumentos modernistas o, en el peor de los casos, que exigiese a sus dueños que mutilasen las fachadas. Según los grandes «pensadores», edificios como las obras de Gaudí o el Palau de la Música eran «afrentas al buen gusto y delitos contra la humanidad». No fue hasta los años cincuenta que un arquitecto norteamericano visitó la ciudad y, al toparse con aquellos prodigios a los que Barcelona había dado la espalda, escribió un libro que serviría de llamada a otros estudiosos. La lenta resurrección del modernismo había empezado. Algunos de aquellos edificios siguen hoy en pie, y la ciudad, que ha descubierto por fin su amor por ellos y su rentable factor de reclamo turístico, los celebra y los inmortaliza en postales y exposiciones. Los bobalicones y sabihondos que tanto odiaban su belleza y su fuerza, o sus directos herederos, también siguen por aquí, aunque ahora han tenido que buscar otras dianas contra las que lanzar su estupidez, porque con Gaudí y sus colegas ya no se atreve casi nadie.

CARLOS RUIZ ZAFÓN

LA SOMBRA DEL HACEDOR

LOS ENCANTOS DEL MODERNISMO

VISTA DEL PARQUE GÜELL

«Aquel día el fantasma de Gaudí esculpía en el cielo de Barcelona nubes imposibles sobre un azul que fundía la mirada.»

Marina, Carlos Ruiz Zafón

DRAGÓN DE HIERRO FORJADO
DE ANTONI GAUDÍ

La suerte de Barcelona es inseparable del modernismo, una corriente que en Europa tuvo otras denominaciones y que por estos pagos contó con arquitectos de renombre como Gaudí, Puig i Cadafalch o Domènech i Montaner. El mecenazgo de la burguesía industrial, entre la que sobresale el conde Eusebi Güell, hizo posible la construcción de edificios religiosos y civiles. Entre los primeros, la Sagrada Familia, catedral condenada a la eternidad de la incomprensión; entre los segundos, el hospital de San Pablo (gracias al legado del banquero Pau Gil) y el Palau de la Música, dos ejemplos de adecuación del estilo a la función; o el parque Güell, urbanización gaudiniana que la ciudad no supo apreciar en su tiempo y que es hoy un foco de atracción turística.

PALAU DE LA MÚSICA

David Martín vivió su infancia con su padre en un pequeño ático «suspendido sobre las obras del nuevo auditorio del Palau de la Música del Orfeó Català». Corrían los primeros años del siglo XX cuando el proyecto de apertura de la Vía A —la actual Vía Layetana— iba a atravesar la Ribera y partir en dos los barrios de la Barcelona artesana y menestral que evocaron Emili Vilanova y Santiago Rusiñol. David recuerda un piso «frío y angosto en el que el viento y la humedad parecían burlar los muros». El 9 de febrero de 1908 se inauguraba aquella construcción debida al arquitecto Lluís Domènech i Montaner. Pocos meses después, la Filarmónica de Berlín, dirigida por Richard Strauss, ponía el tono de prestigio al bello palacio modernista.

El pequeño observaba embobado aquella fachada repleta

DETALLE ESCULTÓRICO EN EL PALAU DE LA MÚSICA

de compositores, ángeles cantores y caballeros medievales que parecía devorar la estrecha y oscura calle: «Yo solía sentarme en el pequeño balcón, con las piernas colgando, a ver la gente pasar y a contemplar aquel arrecife de esculturas y columnas imposibles que crecía al otro lado de la calle y que a veces me parecía que casi podía tocar con los dedos, y otras, la mayoría, me parecía tan lejos como la luna».

El piso al que alude David podría corresponder por su altura a los números 10, 12 o 14 de la calle Sant Pere Més Alt, donde se encuentra el vestíbulo principal del Palau. Además del edificio de Domènech i Montaner, David divisaba la iglesia anexa —hoy desaparecida por la ampliación del recinto musical— y la neoclásica Casa del Gremi dels Velers, con sus muros esgrafiados, una de las pocas construcciones que fueron indultadas por la Vía Layetana, que, por aquel entonces, constituía un oscuro paisaje de excavaciones y talleres medievales derruidos.

HOSPITAL DE SAN PABLO

Óscar Drai observa el hospital de la Santa Cruz y San Pablo desde el taxi que le lleva a visitar a Marina. La majestuosa obra de Domènech i Montaner le parece «una ciudad suspendida en las nubes, todo torres afiladas y cúpulas imposibles». Al igual que el Palau de la Música, el hospital empezó a crecer en los albores del siglo XX, y su construcción se prolongó hasta 1930. Gracias al mecenazgo del banquero Pau Gil, el modernista San Pablo relevó al gótico de la Santa Cruz de la calle del Carmen, que pasó a albergar la Biblioteca de Cataluña. Con esculturas alegóricas de Gargallo, marmóreas escaleras de columnas rosadas y la estilizada torre del Reloj en la cúpula, el hospital de San Pablo brinda un recorrido de pabellones y jardines que nos hacen pensar en una armónica y serena ciudad de las artes y la salud, muy alejada de la inhumana masificación de nuestros días.

Por las amplias salas del recinto hospitalario, Óscar Drai va en busca de Marina. En la cuarta planta, un largo pasillo le llevará a la habitación de la enferma. Desde los ventanales, el joven puede ver la avenida de Gaudí: «Las torres del templo de la Sagrada Familia cortaban el cielo en dos».

La agonía de Marina, con el pelo cortado a lo chico, se verificará ante «rostros cargados de dolor y pérdida» que se cruzaban por los pasillos en silencio. En aquellos días gélidos, Óscar aprenderá que Barcelona «puede ser la ciudad más triste del mundo en invierno». En la interminable espera de lo inevitable, conversará largamente con Germán, el padre de Marina, y hará realidad la promesa que hizo un día a la joven en el funicular de Vallvidrera: construirle una catedral en miniatura, obra de la que hace partícipes a los compañeros de habitación de Marina. Desahuciada por la medicina, volverá para morir en su caserón de Sarriá. Para entonces, la catedral estaba terminada.

SAGRADA FAMILIA

Saliendo del hospital podemos seguir la avenida de Gaudí hasta llegar a la plaza homónima. El templo de la Sagrada Familia se levanta en el cuadrante de las calles Mallorca, Cerdeña, Marina y Provenza. En *El Juego del Ángel*, David Martín sale a caminar para despejar la cabeza después de interminables jornadas de escritura nocturna: «Sin rumbo fijo, mis pasos me guiaron ciudad arriba hasta las obras del templo de la Sagrada Familia». Recuerda cuando su padre le llevaba de pequeño «para contemplar aquella babel de esculturas y pórticos que nunca acababa de levantar el vuelo, como si estuviese maldita».

La primera piedra del Templo Expiatorio la colocó el 19 de marzo de 1882 el obispo Urquinaona. La dirección de las obras que en un principio se encomendó al arquitecto Francesc de Paula del Villar pasó a manos de Antoni Gaudí. La ciudad crecía y el monumento seguía su lucha contra los siglos con una imagen de construcción perpetua. A David le gustaba volver una y otra vez. Comprobará que la catedral gaudiniana «no había cambiado, que la ciudad no paraba de crecer a su alrededor, pero que la Sagrada Familia permanecía en ruinas desde el primer día».

Cuando David contempla el templo de las expiaciones, «despuntaba un amanecer azul sesgado de luces rojas que silueteaba las torres de la fachada de la Natividad». Obnubilado por la visión, le sucede algo parecido a lo que le ocurrió al propio Gaudí: un tranvía lo atropelló el 7 de junio de 1926

EL TEMPLO EXPIATORIO DE LA SAGRADA FAMILIA
EN CONSTRUCCIÓN

mientras se dirigía, precisamente, a la iglesia de San Felipe Neri... David revive aquella mortal sensación: «Estaba cruzando la calle Mallorca cuando vi las luces de un tranvía acercándose en la neblina del alba. Escuché el traqueteo de las ruedas de metal sobre los raíles y el sonido de la campana que el conductor hacía sonar para alertar de su paso por las sombras. Quise correr, pero no pude. Me quedé allí clavado, inmóvil entre los raíles contemplando las luces del tranvía abalanzándose sobre mí. Oí los gritos del conductor y vi la estela de chispas que arrancaron las ruedas al trabarse los frenos. Y aun así, con la muerte a apenas unos metros, no pude mover un músculo».

Conocido por sus obras barcelonesas, Gaudí proyectó también un rascacielos para Nueva York en 1908. Ruiz Zafón recrea ese episodio del genial arquitecto en «Gaudí en Manhattan», uno de los relatos de *La Ciudad de Vapor*. En el taller de la Sagrada Familia Gaudí ultima los detalles de su viaje a Estados Unidos: «Cuatro esqueletos pendían de la bóveda en un macabro ballet de estudios anatómicos. Bajo esa tramoya espectral encontré a un hombrecillo de cabello cano con los ojos más azules que he visto en mi vida y la mirada de quien ve lo que los demás solo pueden soñar».

PARQUE GÜELL-CASA DE CORELLI

El maléfico editor Andreas Corelli vive en una casa del parque Güell y hasta allí se dirige en taxi David Martín. Nosotros lo podemos hacer tomando el autobús 24 en la plaza de Cataluña. «Nos llevó veinte minutos cruzar la ciudad y escalar la ladera del monte sobre el que descansaba el bosque fantasmal del arquitecto Gaudí.» Como ya le había informado Corelli, la casa estaba situada en la esquina de las calles Olot y San José de la Montaña, justo a la entrada del parque Güell: «Vislumbré en lo alto de la ladera la gran puerta del recinto. Tres años atrás, a la muerte de Gaudí, los herederos del conde Güell habían vendido al ayuntamiento aquella urbanización desierta, que nunca había tenido más habitante que su arquitecto, por una peseta».

Cuando en 1929 lo visita el protagonista de *El Juego del Ángel*, el «olvidado y desatendido» jardín de columnas y torres aparece como «un edén maldito». La impresión resulta muy ajustada si tenemos en cuenta el ostracismo que arrostró el estilo modernista en los años veinte y treinta, cuando se puso de moda el racionalismo y las arquitecturas gaudinianas eran vistas como delirios anacrónicos. Un lugar apropiado para un ser tan misterioso como el editor Corelli, que recibe a David Martín en su casa para pagarle la remuneración por el extraño y complejo libro que le ha encargado.

El parque Güell es también el recinto de sombras que rodea la casa que otro perverso personaje zafoniano, Mijail Kolvenik, ordena construir para su amada, la cantante Eva Irinova; una mansión que acabará condenada por el destino y reafirmará la idea del parque Güell como urbanización nonata.

Hoy, el original parque que proyectó Gaudí, y que sus coetáneos no supieron comprender, es un hormiguero de turistas: resulta difícil sentir el aislamiento y la inquietud que experimenta nuestro héroe literario. Caminando por la calle Olot, nos acompaña a la derecha el muro de este planeta modernista, con su lomo de *trencadís* jalonado por medallones de cerámica polícroma con el apellido Güell. Al final de la calle, una escalinata de piedra con barandilla de hierro forjado serpentea hasta la calle de San José de la Montaña, desde la que se asoma el aristocrático caserón de Andreas Corelli. David Martín observa los halos de luz dorada que exhalan los ventanales: «A medida que ascendía las escaleras de piedra me pareció distinguir una silueta recortada en una balaustrada del segundo piso, inmóvil como una araña tendida sobre su red».

Una vez arriba reparamos en que la casa cuenta con dos entradas: la principal es el número 4 de Olot, y la lateral, el 46 de San José de la Montaña. De estilo neoclásico y construida en 1900 por el arquitecto Joan Marsans, la Casa Pere Jaqués ocupa toda la esquina: ha albergado la Asociación Japonesa de Amistad con Cataluña y una empresa china de marketing. Pero en el universo de la ficción siempre será la mansión del pérfido Corelli.

«Era una estructura esbelta y angulosa de tres pisos en forma de torre coronada de mansardas que contemplaba como un centinela la ciudad y el parque fantasmal a sus pies.» Desde la casa, que luce un tejado de cerámicas verdes y amarillas dispuestas como las escamas de un lagarto, divisamos la explanada del parque Güell, con su cruz gaudiniana y su dragón multicolor, que, ochenta años después, parece dar la bienvenida a los turistas que se fotografían a su vera.

En esa mansión, David Martín será víctima de extraños experimentos urdidos por su siniestro «benefactor». Cuando vuelva al lugar se encontrará unas dependencias abandonadas: ruinas, polvo y telarañas. «Los muebles estaban en el mismo lugar que recordaba, pero incluso en la penuria de luz se podía apreciar que eran viejos y estaban cubiertos de polvo. Ruinas. Los cortinajes pendían deshilachados y la pintura de los muros colgaba en tiras que recordaban escamas.» David Martín saldrá huyendo de esa casa maldita «colina abajo, rumbo a la madeja de calles oscuras de Gracia». Desde una taberna con humo, rumor de barrio y discusiones futbolísticas, telefoneará al abogado Valera. El misterio continuará...

ÍNDICE DE LAS ILUSTRACIONES